www.ingramcontent.com/pod-product-compliance
Lightning Source LLC
LaVergne TN
LVHW090037080526
838202LV00046B/3854
* 9 7 8 8 1 1 9 5 3 3 3 9 8 *

پیاسا بندر

[افسانے]

قسیم اظہر

Bright Books

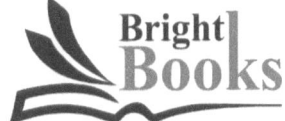

© Quaseem Azhar

Pyasa Bandar
by Quaseem Azhar
Bright Books, Thane, India
1st Edition : October 2024
ISBN: 978-81-195333-9-8

اس کتاب کا کوئی بھی حصہ مصنف یا ناشر کی پیشگی اجازت کے بغیر کسی بھی وضع یا جلد میں کلّی یا جزوی، منتخب یا مکرر اشاعت یا بہ صورت فوٹو کاپی، ریکارڈنگ، الیکٹرانک، میکینکل یا ویب سائٹ پر اَپ لوڈنگ کے لیے استعمال نہ کیا جائے۔ نیز اس کتاب پر کسی بھی قسم کے تنازعہ کو نمٹانے کا اختیار صرف ممبئی کی عدلیہ کو ہوگا۔

Bright Books

Mira Road East, Dist. Thane, India
nidabattiwala@gmail.com

ہندوستانی فکشن کی عظمت کا نشان

خالد جاوید

کے نام

فہرست

قسیم اظہر کے افسانے اور حیرت کے شکارے	خالد جاوید	11
مختصر تاثرات	اشعر نجمی / نینا عادل/ خورشید اکرم	14
عرض مصنف	قسیم اظہر	17
1۔ پیاسا بندر		19
2۔ پانیوں کا شہر		24
3۔ مسخ شدہ جنگل کی ایک تصویر		31
4۔ نادیدہ خواب		35
5۔ نیلوفر اور بھاپ بن کر اُڑ جانے والے		39
6۔ دشت حیرت		45
7۔ لباس بے لباس		50
8۔ طلسمی چادر اور گرگٹ		55
9۔ برف میں سانپ		59
10۔ ادھورا آدمی اور ایک منکوحہ طوائف		63
11۔ آتش کدہ کا مقدس سور		68
12۔ ناکردہ گناہ کی تجدید		74

پیاسا بندر 5

پیاسا بندر

ہمیں اب لکھنے کے لیے مردہ استعاروں کو چھوڑ نا ہوگا اور نئے استعارے تخلیق کرنا ہوں گے۔
۔۔۔رولاں بارت

ایک بہت بڑی غلط فہمی جو بے حد عام ہے، وہ یہ ہے کہ زیادہ تر ہم یہ سمجھتے ہیں کہ حقیقت یا صداقت ایک جگہ سے دوسری جگہ منتقل کی جاسکتی ہے اور یہ کہ حقیقت اپنے آپ میں ایک 'کل' ہے۔ ممکن ہے کہ وہ 'کل' ہو مگر ہم اس 'کل' کا اوراک نہیں کر سکتے۔ ہم تو بس ٹکڑے ٹکڑے، ریزے ریزے یا کٹی پھٹی حقیقت کا ہی ادراک کرتے ہیں۔ حقیقت یا صداقت نہیں بلکہ حقیقت یا صداقت کی کترنیں۔ دنیا ایک مبہم شے ہے اور آرٹ کا جنم ہی اسی ابہام اور حقیقت تک نارسائی کے افسردہ احساس سے ہوا ہے۔ یہی وجہ ہے کہ دنیا کی کوئی بات یا کوئی خیال ایسا نہیں ہے جسے دہرایا نہیں گیا ہے۔ آرٹ کا کام صرف اتنا ہے کہ وہ گرگٹ کی طرح بار بار اپنا رنگ بدلتا رہے، اس کے پاس آپ کو دینے کے لیے ایسی کوئی شے ہی نہیں جو پہلے سے آپ کے پاس موجود نہ ہو۔

آرٹ نے یہ کام اپنے ذمہ اس لیے بھی لیا ہے کہ موت دبے پاؤں انسانوں کے پیچھے چلی آرہی ہے۔ ایک وفادار کتے کی طرح جس کی وفاداری ایک جنجال اور خوف بن کر ہمارے لاشعور اور شعور دونوں پر سوار ہے بھلے ہی ہم اس سے کتنا ہی انکار کریں، زندگی کے کتنے ہی گیت بانسری پر گاتے پھریں مگر ہیں یہ سب موت کو جھٹلاتے رہنے، ٹالتے رہنے اور فرار کے راستوں پر چلتے رہنے کے برابر۔

—خالد جاوید

قسیم اظہر کے افسانے اور حیرت کے شکارے

خالد جاوید

آج کل جس قسم کے افسانے لکھے جا رہے ہیں، ان میں زبردستی سماجی شعور کو ٹھونسنے کی ناکام کوشش کی جاتی ہے۔ ناکام اِس لیے کہ افسانہ اخباری فیچر یا رپورٹنگ نہیں ہے۔ وہ سماجی شعور کی پیداوار تو ہوسکتا ہے مگر اُس میں اوپر سے مزید سماجی شعور تھوپا یا ٹھونسا نہیں جاسکتا۔ جہاں تک سماجی حقیقت نگاری کا سوال ہے، اس کا کوئی متبادل ماڈل یا اسلوب کہہ لیجیے وہ ہم نے ایجاد کرنے کی کوشش نہیں کی۔ اسی طرح اگر داخلی حقیقت نگاری کے بارے میں سوچا جائے تو وہاں بھی ہمارے پاس وہی پرانی جدیدیت والا تجریدی بیانیہ ہی ہے۔ انسان کی وجودی پرتوں کی تفتیش کے لیے کوئی نیا اور حقیقی بیانیہ بھی ہم نے ایجاد نہیں کیا۔ نتیجہ یہ ہے کہ کچھ بھی لیک سے ہٹ کر کرنے کا خطرہ نئے افسانہ نگار اٹھانے سے خوف زدہ ہیں۔ وہ عافیت کا راستہ اختیار کرنا چاہتے ہیں۔ ایسے ماحول اور پس منظر میں جب قسیم اظہر کے افسانے سامنے آتے ہیں تو نہ صرف خوش ہونے کو جی چاہتا ہے بلکہ ہم حیرت کے مسرت افزا شکاروں میں سیر کرنے کے لیے بھی نکل کھڑے ہوتے ہیں۔ قسیم اظہر نہ صرف نوجوان ہیں بلکہ کچھ زیادہ ہی نوجوان ہیں۔ یہ وہ زمانہ ہے جب بی اے کا طالب علم ایک پیراگراف بھی ٹھیک سے نہیں لکھ سکتا۔ بی اے تھرڈ سمسٹر کا طالب علم ایسے افسانے لکھ رہا ہے جو بڑے بڑے پختہ کار افسانہ نگاروں کے لیے بھی رشک کا باعث بن سکتے ہیں۔

اس مجموعے کے تمام افسانے قسیم اظہر کی خداداد تخلیقی صلاحیتوں کے اعلیٰ نمونے ہیں۔ اس کی وجہ میرے خیال میں شاید یہ ہے کہ قسیم پلاٹ، تھیم اور کردار نگاری کے فرسودہ اور روایتی تصور کو نظر انداز کر کے بلکہ رَد کر کے، تخلیقی زبان اور اس کے جوہر پر اپنی توجہ صرف کرتے ہیں اور تخلیقی زبان کا کمال یہ ہے کہ جو وہ کہہ

نہیں سکتی اُسے دِکھا سکتی ہے۔

زبان کی اسی خصوصیت کو وٹگنسٹائن نے Picture Theory of Language کا نام دیا ہے۔ قسیم یہ بہت بہتر طریقے سے جانتے ہیں کہ زبان سے آپ زبردستی سب کچھ نہیں کہلوا سکتے، کیونکہ ادیب کو لگتا ہے کہ وہ زبان لکھ رہا ہے اور زبان اس کے کنٹرول میں ہے جب کہ حقیقت یہ ہے کہ زبان (تخلیقی زبان) ادیب کو لکھ رہی ہوتی ہے اور ادیب تخلیقی زبان کی بے پناہ اور پُر اسرار طاقت کے کنٹرول میں ہوتا ہے؛ اب خدا جس کو اس تخلیقی زبان کی دولت بخش دے۔ لہٰذا قسیم اظہر معدودے چند اُن خوش نصیب افسانہ نگاروں میں سے ہیں جو یہ راز جانتے ہیں۔ وہ زبان کو مار مار کر اُسی بات پر مجبور نہیں کرتے جو وہ نہیں کہہ سکتی، مگر زیادہ تر ہوتا یہی آیا ہے۔ جہاں وقفوں اور سناٹے کو اپنا مقام چاہیے تھا، وہاں روتے بلکتے سماجی اور سیاسی شعور کو کاندھے پکڑ پکڑ کر زبردستی دھنسایا جا رہا ہے۔ کسی نے کہہ دیا تھا یا پتہ نہیں کہا بھی تھا یا نہیں کہ کہانی کو اپنے عہد سے چشم پوشی نہیں کرنی چاہیے۔ اسی لیے عہد کو اتنے ڈنڈے مارو کہ وہ زور سے بلبلا اُٹھے اور ساری خاموشیاں ختم ہو کر 'ری مِکس پاپ' میں بدل کر اذیت پسندی کے ساتھ اپنے کولہے مٹکانے لگیں۔ دراصل زبان کے اسرار سے بھرے ہوئے پہلو سے مطمئن، سرشار یا حیرت زدہ ہونے کے بجائے ٹھیک اُسی جگہ اِتنا ڈھول پیٹا گیا جہاں خاموشی کا بسیرا ہونا چاہیے تھا۔ اس طرح کہ زبان کا یہ روحانی پہلو تو دور خود زبان ہی مسخ ہو کر رہ گئی۔ بنیادی مقصد زبان کا تھا۔ ادبی نقادوں کا یہ اہم فریضہ تھا کہ گزشتہ صدی سے اب تک کے تمام افسانہ نگاروں کی زبان کا بھرپور تجزیہ کرتے جس سے یہ ظاہر ہوتا کہ بنیادی شرائط پوری ہونے کے ساتھ ساتھ وہ کون سے نادیدہ مقامات ہیں جہاں حشر برپا ہے، شور برپا ہے، حالانکہ وہاں سناٹے کا حق تھا۔ میں یہ کہنے کی جرأت نہیں کر سکتا کہ ایسا نہیں ہوا، مگر زیادہ تر اسی طرح ہوا کہ شاعری کی بدیعات کہانی پر بھی چسپاں کی جانے لگی یا پھر اُس کے برخلاف کہانی کے سپاٹ پن کو ہی قابل ستائش قرار دے دیا گیا۔ اردو افسانے پر زیادہ تر روایتی اور مکتبی انداز کی تنقید ہی کی جاتی رہی۔ ہمارے ادبی معاشرے میں زبان کے فلسفیانہ پہلو اور اُس کی مابعد الطبعیات پر بہت کم توجہ دی گئی۔

قسیم اظہر کے افسانے حیرت انگیز طور پر زبان کے مابعد الطبعیاتی پہلوؤں کو برتتے ہوئے نظر آتے ہیں۔ یہ بہت بڑی بات ہے۔ اس کی جتنی بھی تعریف کی جائے کم ہے۔

دوسری اہم بات ان افسانوں کی یہ ہے کہ قسیم اظہر سماجی شعور وغیرہ سے اپنے بیانیہ کو مالا مال کرنے کے لیے 'واقعہ' کی تلاش میں مارے مارے نہیں پھرتے، چاہے وہ پیاسا بندر ہو یا نادیدہ خواب ہو، لباس بے لباس ہو، پانیوں کا شہر ہو، دشتِ حیرت ہو، آتش کدہ کا مقدس سور ہو، ناکردہ گناہ کی تجدید ہو، برف میں

سانپ، نیلوفر اور بھاپ بن کر اُڑ جانے والے ہو، طلسمی چادر اور گرگٹ ہو، ادھورا آدمی اور ایک منکوحہ طوائف ہو، یا مسخ شدہ جنگل کی ایک تصویر ہو، قسیم 'واقعہ' کی جگہ 'صورتحال' کو اہمیت دیتے ہیں۔ وہ اس حقیقت سے بخوبی واقف ہیں کہ انسانی زندگی میں 'واقعات' سے زیادہ صورت حال کی اہمیت ہوتی ہے۔ ہم سب تقریباً ہر وقت کسی نہ کسی صورت حال میں گرفتار رہوتے ہیں، لہٰذا افسانہ نگار کا واسطہ حقائق سے زیادہ حقائق کی صورت حال سے زیادہ ہونا چاہیے۔ اگرچہ کبھی کبھی واقعہ پر صورت حال کا گماں گزرتا ہے اور کبھی صورت حال (Situation) واقعہ (Event) کا چولا بھی پہن سکتی ہے۔

قسیم اظہر کے افسانوں کی یہی سب سے بڑی انفرادیت ہے۔ انفرادی یا اجتماعی صورت حال کا بیان وہ اتنی فنّی چابکدستی کے ساتھ کرتے ہیں کہ زبان ایک تصویر بن کر انسان کے وجودی۔ سماجی نیز سیاسی شعور کو چھلکانے لگتی ہے۔ بیانیہ میں اُوپر سے زبردستی کسی عنصر کو ٹھونسنے کی ضرورت ہی نہیں پڑتی۔ بنیادی طور پر افسانے انسانی ذات اور وجود کے پوشیدہ نہاں خانوں کے تخلیقی انکشافات ہیں۔ بیانیہ پر مکمل دسترس ہونے کے ساتھ قصّہ گوئی کی قدیم تکنیک کو قسیم نے جس طرح اپنے عہد سے منسلک کر کے پیش کیا ہے، اس کے لیے وہ مبارک باد کے مستحق ہیں۔ یقیناً یہ کتاب اردو کے افسانوی ادب میں خاص اہمیت اور امتیاز کی حامل قرار دی جا سکتی ہے۔

مختصر تاثرات

اشعر نجمی

قسیم اظہر کی کہانیوں کے پڑھنے کے دوران مجھے محسوس ہوا کہ وہ وقت آن پہنچا ہے جب فکشن کو ایک نئی زبان کی ضرورت ہے۔ اس ضرورت کا سامنا ہر زبان کو کرنا پڑتا ہے، مثلاً ایک زمانے میں والیری نے فرانسیسی ادبی زبان کو الجبرا کے حدود تک لے جانے کی کوشش کی تھی، یا جوائس نے اپنے نئے ناول میں ایسی زبان خلق کرنے کی کوشش کی جو شعوری اور بولی ہوئی زبان سے زیادہ گہرائی تک پہنچنے پر قادر ہو اور لاشعور کی سرگرمیوں کے قدم بہ قدم چل سکے۔ قسیم اظہر کی کہانیوں کی زبان بھی ہمارے مانوس رشتوں اور اشتراکات کو کاٹتی ہوئی گزر جاتی ہے اور یہ زبان ان رشتوں کو بروئے کار لانے کے لیے ایک ایسا طریقہ استعمال کرتی ہے جسے روایتی طریقہ کے مقابلے میں ایک طرح کا شارٹ ہینڈ کہا جا سکتا ہے۔ یہ شارٹ ہینڈ الجھے اور تہہ در تہہ تصورات کو آسانی سے برتنے اور نبھانے کے قابل بنا دیتا ہے۔ قسیم اظہر اپنے تصورات کو افسانوی شکل میں اس طرح خلق کرتے ہیں کہ نتیجہ مبہم، الجھانے والا اور کبھی کبھی پُر معنی لفظی ترجمہ یا توضیح کے بالکل ہی لائق نہیں ہوتا لیکن ان کے افسانے جب تک قاری کو پکڑ کر اسے اپنی گرفت میں لیے رکھتے ہیں، ایک بنیادی معنی کی تشکیل ہو جاتی ہے، اگر چہ یہ معنی زبان کی مروجہ و معروف شکل میں بیان نہیں ہو سکتا بلکہ یہ معنی زماں کے سلسلہ گرفت و گیر کا ایک حصہ ہوتا ہے۔

نیناعادل

حیران ہوں کہ چھوٹے چھوٹے یہ افسانے لکھنے کے لیے قسیم نے فضائے بسیط میں اپنے ناتواں پنکھ کس طرح اتنے پھیلا لیے کہ ستارے سیارے زمین آسمان بادل اور بارش سمیت زمان و مکاں کے کئی دیدہ نادیدہ دائرے از خود اس لڑکے کے پہلو میں سمٹ آئے۔ کتنے ہی ممنوع اور نامہربان موسم اس کے لفظوں میں سانس لینے لگے۔ کتنی ہی اَن دیکھے انجان رنگ اس کے کینوس پر بکھر گئے۔ بطور تخلیق کار اطراف سے بے ہنگم شور کو کہانی کے آہنگ میں ڈھالنے کی یہ خواہش ایڈورڈ منچ کی پینٹنگ The Scream کی یاد تازہ کرتی ہے۔ اس لازوال پینٹنگ میں انسانی چیخ ساری کائنات کی تمثیل معلوم ہوتی ہے۔ قسیم کے ہاں یہ چیخ ایک ایسی عورت کی چیخ کی صورت متشکل ہوتی ہے، جس کی پھٹی ہوئی شلوار کا خم زمین زادوں کے بدنما لبادوں کے ساتھ ساتھ آسمان کے پوتر پردے کو پھاڑ ڈالنے کو بے تاب ہے۔ مگر ان افسانوں کا اصل اسرار یہ چیخ نہیں بلکہ محبت کا وہ معصوم جذبہ ہے جو اس وحشت ناک چیخ کے پیچھے دبی دبی سسکی کی صورت انگشت بدنداں کھڑا ہے۔ اتنا سہما ہوا لب بستہ اور دہشت زدہ کہ جیسے موت سے بدتر کسی عفریت نے اس کی روح میں پنجے گاڑ رکھے ہوں۔ مگر یاد رہے کہ اس دہشت انگیز چیخ کو زندگی کی تحریک اسی بے زبان سسکاری سے ملتی ہے۔

خورشید اکرم

قسیم اظہر ابھی کم عمر ہیں۔ اتنے کہ انھیں اصطلاحی معنوں میں نوجوان بھی نہیں کہا جا سکتا۔ یہ عمر بازار میں گھومنے کی ہے مگر قسیم اس بازار کے پچھواڑے پہنچ گیا ہے جہاں جھمکتی ہوئی روشنیوں سے آنکھ بچا کر موسیقی اپنی کراہیں لے آتی ہے۔ جہاں روشنی اتنی نہیں ہے کہ چیزیں خود آنکھوں تک آئیں بلکہ آنکھوں کو ٹھہر کر دیکھنا پڑتا ہے کہ وہ کیا لجلجی چیز ہے جس پر زندگی کا پاؤں پڑ گیا ہے، وہ کیا شے تھے جس سے ابھی ابھی زندگی کو ٹھوکر لگی ہے اور وہ کون ہے جو صاف تو نظر نہیں آتا لیکن جس کا بین صاف دکھائی دیتا ہے۔ قسیم اظہر کے یہاں خیال

اور احساس دونوں کی شدت ہے۔ شدت بالعموم شاعری کا خاصہ ہے۔ اسی لیے قسیم کے بیانیہ میں ایک طرح کی شاعرانہ بے ترتیبی ہے۔ لیکن ان کے فکر و خیال میں ایک ایسا تسلسل، ایک ایسا منطقی ربط ہے جو کہانی میں ہی اپنا اظہار پا سکتا ہے۔ قسیم ہر خیال اور احساس کو کہانی کی معرفت دریافت کرتے ہیں اور اسی کی معرفت سوچنے، سمجھنے اور انگیز کی کوشش کرتے ہیں۔ قسیم احساس کی شدت پر پہنچ کر اس واقعہ کی طرف، جس نے ان کے احساس کو برانگیختہ کیا، معکوسی سفر کرتے ہیں۔ اور اس طرح وہ خیال اور احساس واقعہ کو ہی لوٹا دینا چاہتے ہیں۔ مگر پھر یہ لوٹنا سیدھی لکیر کا سفر نہیں ہوتا۔ رنج اور احساس کے نشہ میں ڈوبے قدم ٹیڑھے میڑھے اونچے نیچے پڑتے ہیں۔ یہ پاؤں تجرید کی صورت لوٹتے ہیں۔ اس لیے قسیم کے بیانیہ میں ایک قدرے مانوس تجریدیت بھی شامل ہوگئی ہے۔ قسیم کے افسانے اپنے سالم وجود میں نہیں ہیں۔ اس کے پرخچے اُڑ گئے ہیں۔ انھیں سالم صورت میں دیکھنے کے لیے آپ کو ان کے بکھرے ہوئے ٹکڑوں کو یکجا کرنا ہوگا اور بدن کے جو ٹکڑے آپ کو ڈھونڈے نہ ملیں، وہاں اپنے انگ لگانا ہوگا اور اس کی رگوں میں اپنا خون دوڑانا ہوگا۔ یہ افسانے آپ کے اپنے خون اور گوشت کے بغیر نامکمل رہیں گے۔

عرضِ مصنف

گنٹر گراس نے کہا تھا 'بری کتابیں بھی کتابیں ہی ہوتی ہیں اور اس لیے وہ مقدس ہیں'۔ مگر مجھے معاف کیجیے کہ یہ کوئی کتاب نہیں۔ یہ احساس کی تہ کی ایک نشیبی لہر ہے جس کے اندر میں بہتا چلا گیا ہوں۔ یا میری روح کے اندھیرے میں چھپی ایک گہری خاموشی جس کے اندر سامری کے بچھڑے کی طرح آواز پیدا ہوگئی ہے۔ یا وقت کی گپھاؤں سے سنائی دینے والی ایک بھیانک چیخ جسے ایک نہ ایک دن باہر نکلنا ہی تھا۔ وقت کی گپھاؤں میں موت اپنا تانڈو دکھا رہی ہو یا زندگی اپنا جشن منا رہی ہو۔ اس سے کسی کو کیا فرق پڑتا ہے۔ ہر کوئی اپنے اپنے واہمے اور عقیدے میں زندہ ہی ہوتا ہے۔ میں بھی اور آپ بھی۔ یہاں تک کہ موت جو ایک بھیانک خاموشی سے پہچانی جاتی ہے وہ بھی ایک قسم کی نادیدہ زندگی ہی ہے۔ اور زندگی کا ہر آرٹ ایک تہ دار احساس کے سوا کچھ بھی نہیں۔ اور احساس پیچیدہ بھی ہوسکتا ہے اور شگوفے کی طرح کھلا ہوا بھی۔ آپ اسے ایک قسم کی خوشبو بھی سمجھ سکتے ہیں۔ پھر بھی اگر آپ کو میری کہانیاں پڑھتے وقت کہیں سے تعفن کی بو آتی ہے تو سمجھ جائیے کہ یہ آپ کے لیے نہیں ہیں۔ بس میری روح سے خلا میں جو بھی تصویر بنی میں نے اسے کشید کر کے اپنی دنیا کو لفظوں کے لباس میں ڈھانپ دیا۔ یہ دنیا مصنوعی اور جھوٹی ہی سہی مگر میری اپنی بنائی ہوئی دنیا ہے۔ اور کوئی میری دنیا کو مقدس کہے یا ناپاک مجھے اس کی کوئی پرواہ نہیں۔ جیسا کہ میں نے کہا کہ یہ میری دنیا ہے۔ اس کو بنا کر میں فارغ ہو چکا ہوں۔ اب مجھ میں وہی احساس زندہ ہو گیا ہے جو کسی حاملہ عورت کو بچہ جننے کے بعد ہوتا ہے یا خدا کو دنیا بنا کر ہوا ہوگا۔ یہ صرف ایک احساس ہے۔ ممکن ہے کہ یہ بھی میری کہانی کی طرح بالکل جھوٹ اور فرضی ہی ہو۔ اس دنیا میں کہیں روشنی ہے اور کہیں اندھیرا۔ مگر ان دونوں کے بیچ کچھ توہمات اور مفروضات ایسے بھی ہیں جو ان پہ حاوی ہو جاتے ہیں اور وہ کیا ہیں؟ دھند؟ یا انتر آتما کی توڑ پھوڑ؟ اس سوال کے دو ہی جواب ہو سکتے ہیں۔ ایک یہ کہ میں صاف ہی کہہ دوں کہ مجھے نہیں پتا اور دوسرا جواب جو میرے اندر کے چھوٹے سے فرعون کو بچا سکتا

17
پیاسا بندر

ہے اور جسے میں حقیقت سے بہت قریب بھی کہہ سکتا ہوں وہ یہی ہے کہ میں مبلغ نہیں ہوں۔ اس لیے مجھے اپنی دنیا کو آپ پر تھوپنے کے لیے دلیلوں اور حوالوں کی ضرورت نہیں۔ (اس کا یہ مطلب بھی نہیں کہ میں اپنی دنیا کو آپ پر تھوپ رہا ہوں) اور نہ ہی میں کوئی سیلز مین ہوں۔ تو مجھے اسے بیچنے کے لیے اپنے ہی منچ سے کسی پر چار تنتر کا سہارا لینے کی ضرورت بھی نہیں۔ اور نہ ہی میں کوئی نقاد ہوں۔ اس لیے مجھے کسی بھی تخلیق کی عظمت کو گرانے کے لیے یا اس کو آسمانی معراج عطا کرانے کے لیے اس پر مکھیوں کی طرح بھنبھنانے کی ضرورت بھی نہیں ہے۔ میں بس ایک آرٹسٹ ہوں۔ یہ میرے لیے کافی ہے کہ ایک عظیم آرٹسٹ میرا امام ہو۔ اور میں اس کا مقتدی۔ کوئی بھی آرٹ (جو حقیقت میں آرٹ ہو) وہی ہوتا ہے جس کو آرٹسٹ نے اپنی آنکھ سے بنایا ہو۔ آرٹسٹ کی آنکھ اور آنکھوں سے کافی الگ ہوتی ہے۔ کیوں کہ ایک حقیقی آرٹسٹ کی آنکھ اور اس کا دماغ دیکھنے اور سوچنے سے زیادہ محسوس کر سکتا ہے۔ آئن سٹائن کو یاد کیجیے۔ اس نے کہا تھا 'جب بوڑھے آپ کو نہیں سمجھتے ہیں، نوجوان آپ پر تنقید کرتے ہیں، اور معاشرہ آپ کو پاگل سمجھتا ہے، اس کا مطلب ہے کہ آپ میری طرح دنیا بدلنے والے باغی ہیں۔' میں آئن سٹائن کی اسی لکیر سے نکل کر باہر آ جانے والا محض ایک احساس ہوں یا ایک حرف۔ یہ مجھے سمجھنے کی ضرورت نہیں۔ میری بنائی گئی دنیا ایک رقص گاہ ہے۔ اور رقص گاہ کے کوئی آداب نہیں ہوتے۔ جہاں تک رقص کی بات ہے تو وہ اپنے آپ میں محبت، حیرت اور آرٹ کا ایک مجسم وجود ہے۔ مگر کبھی کبھار وہ وحشت کا بھی ایک زندہ وجود بن جاتا ہے۔ اگر آپ میری رقص گاہ میں آ گئے ہیں تو آپ سے گزارش ہے کہ آپ صرف رقص ہی دیکھیے گا۔ رقص کرنے نہ لگ جائیے گا کہ یہ آپ کی رقص گاہ نہیں۔

پیاسا بندر

''اور جو منکر ہو گئے، ان کے اعمال چٹیل میدان میں ریت کی طرح ہیں، جسے پیاسا (دور سے) پانی گمان کرتا ہے۔ یہاں تک کہ جب وہ اُس کے پاس آتا ہے تو وہاں کچھ بھی نہیں پاتا (سوائے اسی ریت کے)''

(قرآن مجید)

زندگی کے درست فلسفے کا سراغ مجھے کہیں سے نہ مل سکا تھا۔ بہت کٹھن وقت تھا کہ میں نے زندگی کی تلاش شروع کی کہ ایک صنف نازک کا پیٹ مجھ جیسے صنف کرخت سے بوجھل ہو گیا۔ مجھے پوری طرح سے اس کا احساس تھا کہ میرا وجود ابھی ناقص و نا تمام کی سرحد میں سانسوں کے سناٹے پر جھول رہا ہے اور ابھی میری حیثیت، ایک غلیظ قسم کے مادہ منویہ سے زیادہ کی نہیں ہے۔ میں خون بستہ کا ایک لوتھڑا ہوں۔ اور پھر میں گہرے اندھیرے والی خون آلود کوکھ میں ایک حیوان کے جسم میں بڑھنے لگا ہوں۔

کچھ روز بعد مجھے ایک تیز روشنی محسوس ہوئی۔ اور اچانک میں نے دیکھا کہ میرے دونوں پاوں جو میرے باقی اعضاء سے کافی حد تک دبلے پتلے تھے اور میرے دونوں ہاتھ جو شاید کسی کنگارو کے بچے کے چھوٹے ہاتھ سے بھی زیادہ کمزور اور چھوٹے رہے ہوں گے، ہوا میں لہرانے لگے۔ میں ایک جھولے میں تھا اور ایک نہایت تیز قسم کی روشنی نے میری آدھی بند آنکھوں کو چوندھیا دیا تھا۔

'یہاں اتنی روشنی کیوں؟ مجھے اندھیرے کی ضرورت ہے۔ اور میں انسان کہاں؟ کوئی مجھے اندھیرے میں لے جاؤ'

میں نے چیخنا چلانا شروع کیا۔ اس نے میری ایک نہیں مانی۔

'تو میری کمزوری ہے اور جس وقت تک تو اچھلنا اور کودنا نہ سیکھ لے گا میں تجھے ہرگز خود سے دور نہیں ہونے دوں گی۔'

یہ اس کا جواب تھا۔

میں پیدا ہو چکا تھا اور سورج ہر روز میرے جھولے کی جالی دار کھڑکیاں بدلتا اور اجالا دور کہیں ماورا میں گم ہو کر رہ جاتا۔ اور جس وقت چاند آسمان کے وسط میں آ جاتا اور اس کی سطح پر موجود ستاروں کی جھلمل قطاریں دنیا کو سبز رنگ میں غرقاب کر لیتیں تو میں پھر چیختا۔

'مجھے اندھیرے کی ضرورت ہے۔'

پھر جب وہ مجھے اپنے خواب گاہ میں لے آتی اور یہاں اندھیرے میں لے کر لوریاں سنانے کے بے کار عمل سے وقت گزاری کرتی تو ساکت درختوں کا جمود ٹوٹتا اور بہت سارے چمگادڑ اس پر حملہ آور ہو جاتے۔ اور وہ اس کے ساتھ میرا ابھی پورا خون چوس لیتے۔ وہ اس تکلیف سے بے نیاز ہو کر مجھے خواب کا لبادہ اوڑھانے کی ناممکن کوشش سے ہر روز گزرتی۔

مجھے یاد نہیں کہ میں کب سے بندروں کی جون میں شامل ہو گیا اور ان کی طرح اچھل کود کرنے لگا۔ ایک روز کی بات کہ میں جنگل کے سبز درختوں پر اچھل کود کرتے وہاں تک پہنچ گیا، جہاں کوئی سبز وادی یا کسی جزیرے کا نشان تک کھوجنے سے دریافت نہ ہوتا تھا۔ اور اسی وقت میں نے اپنے گلے میں ایک مخدوش پھل کے اٹک جانے کی وجہ سے عجیب خارش محسوس کی، اور میری ادھ کھلی آنکھیں پانی کی تلاش میں پہلے سے کہیں زیادہ کھلی اور بڑی معلوم ہونے لگیں۔

میں نے چمکیلی دھوپ کے ریگستان میں دور تک اپنی نگاہ اٹھائی۔ اور خوب زور سے چلایا۔

'پانی۔ آب۔ ماء، جل۔'

اب صرف انگریزی میں پانی کا ترجمہ کرنا باقی رہ گیا ورنہ میں کم و بیش تمام علاقائی زبان میں پانی کی مانگ کر چکا تھا۔ مجھے پانی کی ضرورت تھی اور وہ مجھے کہیں سے نہ مل سکا۔ مجھے وہ عورت یاد آئی۔ میں اس کے پاس آیا۔ مگر وہ بھی ایک ریگستانی علاقے میں داخل ہو چکی تھی۔ اس کے سفید کپڑے اور اس کے پیٹھ کے دونوں اطراف سے دو پر نکل آئے تھے اور وہ اسی سے فضاء میں اڑتی جا رہی تھی۔

'میں آب حیات کی جستجو میں بھٹکتی یہاں آ گئی ہوں۔ مگر تم۔ یہاں کیسے۔؟'

اس نے ایک لمحہ منہ پھیر کر مجھے دیکھا۔

'میں بھی زندگی کا پیاسا ہوں اور مجھے شدت کی پیاس لگی ہوئی ہے۔'

'ہاں۔ وہاں پانی ہے۔ میں دیکھتی ہوں۔'

اس نے اشارہ کیا۔ اور میں اس کے پیچھے چل پڑا۔ سورج اپنی زورافشانی پہ تھا اور تند ہواؤں میں لپٹی گرم ریت میرے جسم کے روؤں اور میری ساخت کے خدوخال تک کو بگاڑ رہے تھے۔ وہ اڑتی ہوئی ہوا کی زد میں تیرتی بہت دور تک نکل گئی۔

میں نے اپنی بگڑتی جلد کی ساخت کو بندر کے حجم سے ریچھ کے جون میں تبدیل ہوتے دیکھا اور پوری طاقت سے پکارا۔

'اے معبود میرے ساتھ یہ کیا ہو رہا ہے؟'

کوئی جواب نہیں آیا۔

'مجھے اندھیرے سے روشنی میں لانے والا کون تھا؟

میں نے خود سے سوال کیا۔

'ایک تم ہی نہیں مجھے بھی عدم سے وجود میں لانے والا وہی ہے۔'

خود کا جواب آیا۔

'مگر وہ ہے کون؟ کیا اس کا کوئی نام نہیں؟'

'ہاں کوئی نام نہیں۔'

'اور تم کون ہو؟'

میں نے سختی سے کہا۔

'میں بھی وہی ہوں جو تم ہو، تمہارا ہمزاد، تمہارا سایہ اور ایک دیدہ ریگستانی صحراء میں بھٹکتی ہوئی آتما ہوں۔'

یہ سن کر میرا اپنا آپ توازن کھو بیٹھا اور مجھے دور ایک دریا نظر آیا۔ میں اس کی طرف لپکا اور قریب پہنچ کر دیکھا تو وہاں چمکتی ہوئی گرم ریت کے سوا کچھ نہ تھا۔ وہاں مجھے پھر وہی عورت ملی۔ وہ اتنے کم وقت میں جوان سے بوڑھی ہو چکی تھی۔ اس نے مجھے بتایا کہ میں وہی عورت ہوں جو مجھے اس ریگستان میں چھوڑ کر آبِ حیات کی تلاش میں بہت دور نکل گئی تھی۔

'آپ کو آبِ حیات کا کوئی سراغ دریافت ہوا؟' میں نے اس سے پوچھا۔

'نہیں۔' ہاں ایک بوسیدہ حویلی کا سراغ لگانے میں، میں کامیاب ہو گئی ہوں۔'

'بوسیدہ حویلی؟'

'ہاں بوسیدہ حویلی۔'

'خیر۔ وہاں آب حیات نہیں تو کم از کم پانی تو ملے گا'، میں نے خود کو تسلی دی۔

'نہیں وہاں آب حیات جیسی امرت سے بھی زیادہ کئی غیر متوقع چیزیں ہیں'، وہ ہنسی اور اس کی ہنسی کی گونج ایک ناشنیدہ گیت کی طرح بہت دور تک پھیل گئی۔

'پھر تو اپنی زندگی کا آخری سورج دیکھنے سے پہلے پہلے میں اس بوسیدہ حویلی میں، ضرور جانا چاہوں گا'، میں نے بھی مسکرا کر اس کا ساتھ دینا چاہا۔

میں اس کے ساتھ ہولیا۔ میں اس حویلی کے بالکل قریب آچکا تھا۔ وہ حویلی بہت زیادہ کشادہ اور روشن نہیں تھی۔ اس کا کوئی محراب تھا اور نہ اس پر کوئی گاڑھے آرائشی پلستر کا کوئی نشان۔ وہ جگہ بالکل سپاٹ اور دوسری زمین کے مقابلے کچھ غیر ہموار تھی۔ وہاں ایک مصنوعی گڑھا تھا اور کچھ کچے اور ہرے بانس کے پپوٹے اور بیلی کے خاردار پتے بھی رکھے ہوئے تھے۔ اور عجیب یہ کہ وہیں کچھ سفید پوش انسان رقص کر رہے تھے۔ رقص کرنے والوں کی بھیڑ میں سبھی عمر کے لوگ شامل تھے۔

بھیڑ سے نکل کر ایک بوڑھا میرے سامنے آیا۔

'میں تمہارا ہمزاد ہوں'، اس نے ایک زوردار ٹھہا کا لگایا۔

'نہیں میرا ہمزاد تو ابھی جوان ہے۔'

'تم بچے سے بوڑھے بنا دیے گئے ہو'، وہ پھر سے ہنسا۔ اور غائب ہو گیا۔

'یہ کس حد تک مضحکہ خیز ہے اور یہ حویلی بھی۔' میں بھی ہنسا۔

'اسی بوسیدگی سے آب حیات کو پالینے کا سفر شروع ہوتا ہے اور یہیں سے تمہاری پیاس ختم ہوگی۔'

بوڑھی عورت بھی ہنسی اور پھر سے اس کی ہنسی کی گونج خوشبو کی طرح فضاء میں پھیل گئی۔ اور اس کے بعد وہ دونوں مجھے کبھی نظر نہ آئے۔

میں اس گم نام حویلی میں داخل ہوا۔ میرا اپنا آپ وہیں ڈھیر ہو گیا۔ اور میں اس میں ہمیشہ کے لیے سو رہا۔ میں زندہ تھا تو مجھے اس بوڑھے اور عورت نے بندر اور ریچھ ہونے سے زیادہ نہ سمجھا کہ جوانی کا ایک قطرہ تک مجھ پہ مترشح نہ ہونے دیا کہ انہوں نے وقت سے پہلے ہی مجھے بوڑھا بنا دیا۔ میں نے زندگی نہیں دیکھی اور موت مجھے اپنے پاس لے آئی۔ میری پس گفتہ موت کی روداد زندہ انسانوں کے لیے ایک تعزیت نامہ ہے کہ زندگی بھیانک خواب میں آکر تڑپا دینے والی ایک خلائی روشنی ہے اور موت اس روشنی کو ہمیشہ کے لیے اپنے ساتھ لے جانے والا ایک خوفناک اندھیرا۔ یہاں بھی اندھیرا ہے اور موت بھی اور میرا ٹھنڈا وجود

بھی۔ مگر میں کہاں ہوں، مجھے نہیں پتا۔ اس مخدوش پھل کی کڑواہٹ میرے حلق سے ابھی بھی دور نہ ہوسکی ہے۔ میری مسخ شدہ لاش اب بھی چیخ رہی ہے کہ اسے ابھی بھی شدت کی پیاس لگی ہوئی ہے کہ کوئی دوشیزہ آئے اور اس پر چھا جائے۔

+++

پانیوں کا شہر

اس چھوٹے سے سیارہ زمین کے علاوہ آپ کو پوری کائنات میں کہیں بھی انسان نہیں ملیں گے۔ ہم ایک نایاب اور خطرے سے دوچار نوع (endangered species) ہیں۔ کائناتی اعتبار سے ہم میں سے ہر کوئی بیش قیمت ہے۔ اگر آپ کسی سے اختلاف رکھتے ہیں، تو اسے کم از کم زندہ رہنے کا حق ضرور دیں۔ کیونکہ اربوں کھربوں کہکشاؤں میں بھی آپ کو اس جیسا کوئی دوسرا نہیں ملے گا۔

— کارل سیگان

میں بغاوت چاہتا ہوں
ہر اس شخص کے خلاف بغاوت چاہتا ہوں
جو ملک اور مذہب کے نام پر ہمارے درمیان خلفشار کی بیج بوتا ہے
مذہب اور ملک
ایک ہی پودے کے/ ایک ہی ٹہنی میں
دو الگ الگ کانٹے
ریشمی لباسیں محراب پر رقص کناں ہیں، زعفرانی کھالیں کوئلے سے آگ بھر رہی ہیں
مگر کب تک؟ یہ سب کب تک چلتا رہے گا؟
اندھیرے میں سناٹا ہے
میرے اندر کوئی چیختا ہے

کہ اب تھک چکا ہوں
ملک اور مذہب کی اس خوفناک تصویر کو دیکھ کر
جو انسانیت کے گھاؤ پر تعلق کا ٹانکا لگانے کے بجائے اس کے بخیے ادھیڑتا ہے
کہ میں تنگ آ چکا ہوں
ایک واہمہ ہے/ ایک روشنی
جو ابھی ابھی نئے اور تازہ چراغ سے نکلنے والی ہے
کہ وہ مجھے خانۂ وجود کی کسی نہ کسی ویرانی میں خود کو زندہ رکھنے پہ مجبور کرے گی

''پورا سمندر سرخ ہو چکا ہے۔''
ٹیگور نے بوڑھے کو خواب میں بتایا تھا۔

میں ایک صحافی ہوں۔ میں نے دنیا میں وقوع پذیر ہونے والے خوفناک مناظر کو بہت قریب سے دیکھا ہے۔ افغانستان کی سنگلاخ پہاڑیوں سے بھری سرمئی زمین کو خون میں ڈوبتے ہوئے بھی اور ہیروشیما کی فلک بوس عمارتوں کو ایک ویران شہر میں تبدیل ہوتے ہوئے بھی۔ جب ہیروشیما پر ایٹمی طاقت حملہ آور ہوئی تو وہاں کی عورتوں نے اپنے اپنے سروں کو آسمان کی جانب اٹھایا۔ انہوں نے اپنی ناک کی سیدھ بہت تیز روشنی کو زمین پر اترتے دیکھا۔ انہیں یقین ہو گیا کہ سورج زمین پر آ چکا ہے اور وہ عنقریب ان پر پھٹنے والا ہے۔ تو انہوں نے پوری دنیا کے ختم ہو جانے کا تصور کیا۔ تھوڑی دیر بعد سب کچھ سیاہ ملبے کی ڈھیر میں تبدیل ہو گیا۔ ایک بچی نے ریلوے اسٹیشن کی عمارت کی راکھ کو اٹھا کر اپنی ہتھیلیوں پر رگڑنا شروع کیا۔

''اے خدا، دنیا تیری اور راج کسی اور کا؟ سبزہ و بہار اگانے والا تو اور راکھ اگانے والا کوئی اور؟ پوری دنیا ختم ہو گئی، یہاں کوئی نہیں۔ صرف میں، میری تنہائی۔ اور راکھ___ یہ کیسا انصاف؟''

بچی کو کوئی جواب نہیں ملا تو اس نے راکھ کو ہتھیلیوں پر سے اڑا دیا۔ اس کے کپڑے خون آلود تھے اور دھماکے میں ٹوٹنے والی کانچ کی کھڑکیوں کے نوکیلے شیشے سے اس کے بازو اور گردن پر کچھ خراشیں آ گئی تھیں۔ وہ بیٹھ گئی اور اپنے ماں باپ کے خیال میں گم ہو گئی۔

''تمہارے ماں باپ تو اب رہے نہیں۔ کہاں جاؤ گی؟'' کسی نے اس سے پوچھا۔

''پہلے میں زمین پر پڑے اپنے آبا و اجداد کی مقدس لاشوں کو اٹھاؤں گی اور پھر ان پر منڈلاتے گدھ سے آنکھیں ملاؤں گی۔''

اس کے لہجے میں بلا کی شدت تھی۔

"اب تم کمزور ہو چکی ہو اس کے باوجود بھی؟"
"میں پھر سے اٹھوں گی۔"
اس کے ہونٹ پر بغاوت کی کبھی نہ ختم ہونے والی سرخی تھی۔
میں آنکھ بند کروں تو وہ بچی میرے سامنے آجاتی ہے اور ایک خوف زدہ تہذیب کا سناٹا ترشول پر جھولنے لگتا ہے۔ میں اس وقت بھی اندھیرے ہی میں تھا۔ میری آنکھیں پانی کی سطح پر تیر رہی تھیں۔ وہاں کئی جل پریاں اور رنگین مچھلیاں تھیں۔ میں ان کے ختم ہو جانے کا تصور کر رہا تھا۔ مگر کیوں؟ یہ میں نہیں جانتا۔ یہ تصور کرنا اس وقت بہت آسان تھا جب میں دیکھ رہا تھا کہ میں کسی جہاز میں ہوں۔ گل ناز میرے سامنے بیٹھی ہوئی ہے۔ اور اس کے ہاتھ میں ایک سفید گلاب ہے۔

"ہم بہت جلد مرنے والے ہیں۔ اپنے اپنے دیوتاؤں کو یاد کر لیجیے۔"
جہاز کا پائلٹ ہمیں تنبیہ کر رہا ہے۔
"یہ سال بھی بہت خراب جا رہا ہے۔" جہاز کی سیٹ پر بیٹھے ایک مذہبی کی یہ آواز ایسی ہے جو ستاروں سے مایوس ہو چکی ہے۔ گل ناز کی آنکھیں زمین پر رینگنے والے چھوٹے چھوٹے کیڑوں سے ملک و مذہب کا فلسفہ تراش رہی ہیں۔

"کسے دیکھ رہی ہو؟"
"حشرات الارض۔"
"مگر یہاں تو بادلوں کا دھند ہے۔"
"دھند میں لپٹی بادلوں کی چادروں کا رنگ دیکھو۔"
"ہاں۔"
"کیسا ہے؟"
"زعفرانی؟"
"زعفران سے پہلے بھی ایک رنگ آتا ہے۔"
"کون سا؟"
"سیاہ۔"
"نہیں یہ تو ہر رنگ سے پہلے آتا ہے؟"
"ہاں۔"

''لیکن سیاہ رنگ سے ایک سپید روشنی پھوٹ رہی ہے اور اس پہ زعفرانی رنگ حاوی ہو جاتی ہے؟''

''پتا نہیں، یہ سب کیا ہے___''

''میرے گلاب کا رنگ بھی سفید سے زعفران ہو گیا ہے۔ مانگ کا سندور بھی، میرے کپڑے بھی، اور___ چوڑیاں اور کنگن بھی۔''

''تو کیا ہمارا خون اور گوشت بھی؟''

''نہیں ہرگز نہیں، یہ محض ایک اتفاق ہو سکتا ہے۔''

''نو ڈیئر اتفاق ہرگز نہیں، ہم سچ میں مرنے والے ہیں۔''

اس کی آواز بہت کمزور تھی۔ اور اس کی دھڑکن میں بھی تیزی تھی۔ جہاز کریش ہونے والا تھا۔ ہم کسی گہری کھائی میں گرتے جا رہے تھے اور گدلے پانیوں کے بلبلے کے اندر ایک جزیرہ تھا جس کے اندر سے عجیب سی خوفناک چیخ باہر کو آ رہی تھی۔ گل ناز کے منہ سے بھی ایک عجیب قسم کی آواز پیدا ہوئی۔ مگر پانیوں کا ایک شور تھا جس نے اس آواز کو کہیں پٹخ دیا تھا۔ وہ محسوس کر سکتی تھی کہ اس کا نصف وجود جل پری میں تبدیل ہو گیا ہے۔ ہم مر رہے تھے، پائلٹ مجھے اور گل ناز کو دیکھ کر قہقہہ لگا رہا تھا۔ اس کا چہرہ سپاٹ تھا اور اس کے گنجے پن سے وحشت ٹپک رہی تھی۔

''کیسی موت لینا پسند کرو گے؟ زعفرانی یا قومی؟''

پائلٹ پوچھ رہا ہے۔

''فرق کیا ہے دونوں میں؟'' میں بدحواس ہوا۔

''زعفرانی موت میں آدمی کی زندگی ہماری ہو جاتی ہے، وہ زندہ تو رہتا ہے مگر گاندھی کا بندر بن کر کہ وہ کچھ دیکھتا ہے، نہ سنتا ہے اور نہ ہی مخالفت میں کچھ بولتا ہے۔'' اس نے پھر سے قہقہہ لگایا

''اور قومی موت؟''

''یہ جاننے کے لیے تو آپ کو سچ میں مرنا پڑے گا۔''

گفتگو ختم نہ ہو پائی تھی کہ فضا میں ایک روشنی چمکی اور وہ ایک ڈیجیٹل اسکرین میں تبدیل ہو گئی۔ اور عقب سے کسی کے چلنے کی آہٹ سنائی دی اور اسکرین پر دو سرخ چمکتی آنکھوں والا ایک باریش اور بوڑھا انسان سامنے آیا۔

''سقراط نے دیوتاؤں کے انکار میں زہر کا پیالہ پیا تھا۔ ایتھنز کی خلاؤں میں آج بھی اس کے زہر کا پیالہ رقص کرتا ہے۔ اس نے عشق، محبت، دنیا، مخلوق، دیوی اور دیوتا سب کو فریب بتایا تھا۔ مگر ان سب سے

دیوتاؤں کو کیا فرق پڑا؟ دیوتا کبھی نہیں مرتے۔ اور قسم بھارت کی کہ آزادی کے بعد سے لے کر آج تک ہمارے دیوتاؤں کو شکست دینے والا کوئی سقراط پیدا نہ ہوا۔‘‘

اس کی آواز میں ایک انجانے خوف کا اشارہ تھا۔

مجھے احساس تھا کہ آناً فاناً سب کچھ ایک خوفناک گیم کی شکل میں تبدیل ہو چکا ہے۔ یہاں کے قوانین اور عدالتی نظام تک اس گیم کا حصہ ہیں۔ پولیس بھی اور بڑی بڑی مچھلیاں بھی اور شارک اور وہیل بھی۔ پائلٹ نے ریموٹ کا بٹن دبایا۔ پورا اسکرین سیاہ ہوگیا۔ اور اسی اندھیرے میں ایک بڑی مچھلی کا بدن چمکا۔ اور آر ڈی ایکس سے بھرا ایک دھماکہ ہوا۔ پورا سمندر سرخ ہو گیا۔ آبی جانوروں کے چیتھڑے اڑ کر نگاہوں سے اوجھل ہو گئے۔ سمندر جو خاموشی سے کانپ رہا تھا، آتش فشاں کے لاوے کی طرح پھٹ کر اتنا اوپر کو اچھلا کہ چت کبڑے بادلوں کا ہجوم آسمان میں گم ہو گیا اور سمندر و آسمان کے درمیان آگ کی سرخ دھند ہر چیز پر حاوی ہوتی چلی گئی۔ یہ سب کچھ اسی اندھیری رات میں ہوا تھا جب بوڑھے فقیر کے خواب میں ٹیگور آئے تھے۔ ٹیگور بہت دکھی تھے۔

’’آپ دکھی کیوں ہیں؟‘‘

’’سب کچھ جل گیا اور تم دیکھتے رہ گئے؟‘‘

’’ہم نے ہی جلایا تھا۔‘‘ فقیر ہنسا

’’ایسا کیوں کیا؟ تم جنگلی تھے، سانپ اور بچھو کھاتے تھے۔ ننگے رہتے تھے۔ مت بھولو کہ انہوں نے تمہیں انسانوں میں شامل کیا۔‘‘

’’ہاں، مگر وہ بھول گئے کہ میں ایک زندہ مگرمچھ کی دنیا کا بھی حصہ تھا۔ وزیر بننے کے بعد میں نے سوچ لیا تھا کہ مجھے جزیرے سے آلودگیوں کو پاک کرنا ہے۔‘‘

’’آلودگی؟ کیسی آلودگی؟‘‘

’’چھوٹی چھوٹی مچھلیاں، کیکڑے اور کچھوے والی آلودگی۔‘‘

’’تم نے انہیں ختم کیوں کیا؟‘‘

’’وہ تو ایک صفائی ابھیان تھا۔‘‘ فقیر نے ٹھہاکا لگایا۔

’’پورا جزیرہ تم سے ناراض ہے اور تمہاری الٹی گنتی شروع ہو چکی ہے۔‘‘

’’ایسا کبھی نہیں ہوگا۔ بڑی بڑی مچھلیاں جن میں شارک اور وہیل ہیں اور وہ جانور جن کے پاس طاقت ہے اور وہ جو وحشتوں سے کبھی خائف نہیں ہوتے اور وہ جو ترشول کو خلا میں لہرا کر رقص کرنا جانتے ہیں،

اس جزیرے کو قابو کرنے کا ہنر خوب جانتے ہیں۔''

بوڑھے کی نیند کھل گئی۔ وہ بستر سے اٹھا۔ اس نے اپنے وجود کو ٹٹولا، وہ بہت گھبرایا ہوا تھا۔ اس کی داڑھی نسبتاً اب کافی گھنی ہوگئی تھی۔ اس روز ہر اخبار کے پہلے صفحہ کا پہلا اشتہار یہی تھا کہ زعفرانی جزیرے کے وزیر آج اپنی عوام سے خطاب کرنے والے ہیں۔ لوگوں کی ایک بھیڑ تھی اور سب کی نگاہیں بوڑھے فقیر کو دیکھنا چاہتی تھیں۔ زعفرانی دھوتی پہن کر غوطہ خور جانوروں کے ساتھ بوڑھا باہر نکلا اور اس نے اپنے سخت اور کھردرے ہاتھوں کی ہتھیلیوں کو آپس میں ملایا اور سب کو نمستے کیا۔ سب یہی سوچ رہے تھے کہ بوڑھا فقیر اب روئے گا۔ مچھلیوں اور آبی جانوروں کی ہلاکت پر غم کے آنسو بہائے گا مگر لوگوں کا اندازہ غلط ثابت ہوا۔

''بھائیو اور بہنو! یہ میری جیت نہیں، آپ کی ہے۔ ہماری ہے۔ ہمارے ملک اور ہمارے مذہب کی ہے۔ آج میں بہت خوش ہوں اور خوشی اس لیے بھی کہ گنگا جمنا اور سرسوتی کے علاوہ دیگر ندیوں سے بھی آبی جانوروں کا صفایا ہوگیا۔ آپ سب کا دن شُبھ ہو۔''

بوڑھے فقیر کا خطاب ختم ہوا۔

''مگر کچھ مچھلیاں ابھی تک زندہ ہیں۔'' گنجے شخص نے بوڑھے کے کان میں سرگوشی کی۔

''ان کا خیال رکھو۔''

''ان میں کچھ جل پریاں بھی ہیں اور وہ حمل سے ہیں۔ ان کا کیا کروں؟''

''تمہیں یہ بھی میں ہی بتاؤں گا؟

''ان کا خوب خیال رکھا گیا تھا اور جو مچھلیاں زندہ تھیں اور حاملہ بھی، ہم نے ان کے پیٹ کو چاک کر کے ان کے بچوں کو ترشول پر گھمایا تھا۔''

''ہاں، وہ بھی تمہیں ابھی تک یاد ہے؟''

''آپ کی ڈکشنری میں اسے ہی خیال رکھنا کہتے ہیں۔'' گنجا مسکرایا۔

''درست ___ مگر وحشتوں کے اس کھیل نے ہمیں بہت پریشان کیا تھا۔ ہمارے ایک ساتھی کو سلاخوں کے پیچھے جانا پڑا تھا۔ اس دفعہ کچھ بھی ایسا نہیں ہوگا۔ سب کچھ اپنا ہے۔ کچھ الگ کرو۔ کچھ نیا جو پوری دنیا کو کانپنے پر مجبور کردے۔ کیوں کہ اب ہمارے پاس پہلے سے زیادہ طاقت ہے۔''

''یقیناً ایسا ہی ہوگا۔''

یہ سب اس پائلٹ نے مجھے اسی اسکرین پر دکھایا اور پوچھا۔

''کیا پسند کروگے؟ زعفرانی یا قومی؟''

میری زبان کسی مردار سانپ کی طرح تالو سے چپک کر رہ گئی تھی۔ آہ وفغاں کا سیسہ میرے منہ میں منجمد ہو کر رہ گیا تھا۔ اور کبھی نہ ہونے والی خاموشی نے میرے وجود کو سرد کر دیا تھا۔ ہیروشیما کی اس بچی کا چہرہ میری آنکھوں میں تھا۔ مگر اس وقت تک بہت دیر ہو چکی تھی۔ آگ کی لپٹیں میری طرف اپنی پوری قوت سمیت پھیل چکیں تھیں۔ میرے جسم کا ہر ٹکڑا بہت تیزی سے پگھل رہا تھا۔ میری آنکھیں پانیوں کی سطح پر جنبش کر رہی تھیں۔ اسکرین سرخ سے زعفران ہو گیا تھا۔ جس پر میں یمراج کو قہقہہ لگاتے ہوئے دیکھ سکتا تھا۔ اس کے ہاتھ میں ایک ترشول تھا۔ وہ گل ناز کو بہت غور سے دیکھ رہا تھا۔ میں خوف زدہ تھا اور ایک سہمی ہوئی تہذیب کا سناٹا اس کے ترشول پر جھول رہا تھا۔

+++

مسخ شدہ جنگل کی ایک تصویر

وہ جنگل کی ایک اداس کن سیاحت تھی جس میں میری صورت مجھ سے جدا ہوگئی تھی۔ مجھے یاد نہیں، مگر یہ سچ ہے کہ میں اپنا چہرہ بھول چکا تھا۔ اس کے خدوخال اور رنگ تک مجھے یاد نہیں رہے تھے۔ کیوں کہ میری آنکھوں میں راحت کا چہرہ آ گیا تھا۔ ابھی جس دم میں یہ تحریر لکھ رہا ہوں، وہ میرے نزدیک بیٹھی ہوئی ہے۔ وہ مجھ سے خفا ہے۔ وہ نہیں چاہتی کہ میں ہمارے سیر سپاٹے کے واقعات آپ تک پہنچاؤں۔ وہ ہم سے جڑی بھولی بسری یادوں کو تحریر کی پکی روشنائی میں اتارنے کے لیے تیار نہیں۔

اس کے چہرے پہ غصہ سمیت بہتے پانی سی پر شوق مسکراہٹ ہے جو چشم آہو سے نکل کر اس کے گندمی رخسار کی چکنائی پر آہستہ آہستہ پھسل رہی ہے۔ وہ خود کو کشتی میں سوار دیکھ سکتی ہے۔ وہ یہ بھی دیکھ سکتی ہے کہ روشن سورج کی ہنسی بڑی خوشگوار ہو چلی ہے۔ اس کا سوزیدہ جسم افق کے حوض میں ڈوب رہا ہے۔ اس کی آنکھوں میں ٹھنڈی چمک ہے اور اس کی دھیمی حرارت نے آسمان سمیت چتکبرے بادلوں کو بھی سرخ کر دیا ہے۔ جنگل گہری خاموشی میں ڈوبا ہوا ہے۔

سوائے کوئل کی کوکو کے کوئی آواز نہیں۔ لب دریا چھوٹی چھوٹی کشتیاں پانی کی سطح پر جنبش کر رہی ہیں اور وسط دریا کچھ کشتیاں شارک کی طرح پانیوں کو چیرتی ہوئیں تیزی سے ہماری طرف آ رہی ہیں۔ جنگل اور دریا کے بیچ ایک چھوٹی اور خوبصورت کائنات رچ بس گئی ہے، جو مجھے اور اسے اپنی آغوش میں پناہ دینے کے لیے تیار بیٹھی ہے۔

یہاں گیدڑ اور بندر بہت ہوں گے اور زہریلے قسم کے سانپ بھی۔ ہم جب تک یہاں رہیں گے کوئی نہ کوئی حادثہ ہمارا انتظار کر رہا ہوگا۔

پہلے تو تم اس خوف سے باہر آؤ، کیوں کہ جانور ہم سے زیادہ معصوم ہوتے ہیں۔

ہوتے ہوں گے مگر بندر معصوم کے ساتھ کافی چلبلے اور شوخ بھی ہوتے ہیں۔

تب تو بندر میں بھی ہوں۔ مجھ سے بھی ڈرنا چاہیے تمہیں۔

شاید، ہاں۔

میں اسے دیکھ ہی رہا تھا کہ دفعتاً اس کی آنکھیں جامنی کے ایک خشک درخت پر ٹھہر گئیں، اس نے اس کے اردگرد گھنے دار درختوں کو بھی یکے بعد دیگرے فسوں نگاہی سے دیکھا۔ وہ پہلے بھی یہاں آ چکی تھی۔ اس کے بچپن کی بہت ساری یادیں یہیں سے جڑی ہوئی ہیں۔ مگر یہاں پہلے جیسا اب کچھ بھی نہیں تھا۔ ہاں اس کے زمانے کے کچھ درخت تھے جو اب بوڑھے ہو چکے تھے اور کچھ تھے جو کاٹ لیے گئے تھے اور کچھ تھے جو غائب کردیے گئے تھے۔

ہم جنگل میں داخل ہوئے، ہم نے دیکھا کہ یہاں کی گھاس بہت نرم ہے۔ کچھ انسانی جوڑے اس پر رومانیت کے چاند ستارے اگا رہے ہیں۔ کچھ جنسی میلانات کی آنچ سے اپنے جسم کی تپش کو بجھا رہے ہیں۔ سگریٹ اور کنڈوم کی بہت ساری بوسیدہ ڈبیاں بکھری ہوئیں ہیں۔ ایک دوشیزہ نے اپنے مکمل ننگ وجود کو سیاہ چادر کے حوالے کیا ہوا ہے۔ اس کا جسم سفید گلاب کی طرح چمک رہا ہے اور وہ اپنا خوابیدہ چہرہ آسمان کی طرف کیے سگریٹ کی کش لگا رہی ہے اور ایک عمر رسیدہ شخص اس پر اسی طرح جھکا ہوا ہے جیسے کوئی جنگلی درندہ، ہرنی کا شکار کر کے اس پر جھک جاتا ہے۔ راحت نا قابل برداشت ہوئی اور ایک تیز روشنی میری آنکھوں کے سامنے سے گزر گئی۔

کیا تھا یہ؟ شاید راحت کا زوردار تھپڑ رہا ہو۔

شاید نہیں یقیناً۔

میں نے آپ سے کہا تھا نا یہ روداد اس کے سامنے بیٹھ کر لکھ رہا ہوں۔ وہ بھڑک گئی ہے کہ میں ان سب واقعات کا ذکر کیوں کر کر رہا ہوں۔ خدا ہی جانے کہ میں اب کس بہانے اس لڑکی کی زدوکوب کا نشانہ بن جاؤں۔

وہ کافی دیر سے دائیں بائیں دیکھ رہی تھی، پھر اس نے دفعتاً مجھ سے کہا۔

سنو، یہاں کہیں پھونس کی ایک جھونپڑی ہوا کرتی تھی، ذرا ڈھونڈو گے؟

ہاں، مگر اس میں تمہاری اس قدر دلچسپی کیوں؟

نہیں، اس میں ایک کھیون ہار رہوا کرتا تھا۔ ہم اسے شیام لال ماموں کہہ کر پکارتے تھے۔

وہ بہت اچھا انسان تھا۔ مگر اب وہ زندہ کہاں، وہ تو کب کا مر گیا۔

چلوتو سہی، وہ نہیں، اس کا کوئی تو ہوگا، اسی سے مل لیں گے۔

ہم نے ڈھونڈنا شروع کیا تو واقعی وہ جھونپڑی پہلے سے زیادہ سالم اور برقرار تھی۔ مگر اب وہ ایک ایاغ خانہ تھا جہاں بہت سے بیگانے اکٹھے تھے اور ایک لڑکی انہیں جام پلا رہی تھی۔

یہ جھونپڑی تو شیام لال ماموں کی ہوا کرتی تھی؟ راحت اس لڑکی کے قریب پہنچ گئی۔

تم شکیل چاچا کی بیٹی ہو؟ اجنبی لڑکی کے ہونٹوں پر مسکراہٹ پھیل گئی۔

ہاں، مگر تمہیں کیسے پتا؟

پتا تو ہوگا نا، ہمارے پتا جی کے ایک ہی دوست تھے، وہ بھی مسلمان۔ آپ کی اماں انہیں بہت مانتی تھی۔ آپ کی اماں ہمیشہ ہمارے پتا جی کو بھائی جان کہہ کر پکارتی تھی۔ کوئی مسلم لڑکی میرے پتا جی کو ماموں کہے تو میں سمجھ سکتی ہوں کہ وہ کون ہوگی۔

راحت آب دیدہ ہوگئی۔ لڑکی نے بصد احترام اپنے تمام گاہکوں سے کہہ دیا کہ تھوڑی دیر کے لیے وہ یہ جگہ خالی کر دیں۔ وہ سب چلے گئے۔ اس نے جگہ کی صفائی کی اور ہمیں بیٹھنے کے لیے کہا۔ تھوڑی دیر بعد ایک لڑکا ہانپتا ہوا آیا۔

پرنام (سلام) بہنا۔ کیسی ہو؟ یہاں کیسے آ گئی؟ ہے بھگوان کتنی بڑی ہوگئی ہو اور کتنی سندر لگ رہی ہو۔

نہ نہ، یہ بتاؤ کہ ماموں کو ہوا کیا تھا؟

جانے والے چلے جاتے ہیں۔ اور واپس نہیں آتے۔ ہم بھی چلے ہی جائیں گے، ان پہ رونا کیسا؟

تم بیٹھو، میں ابھی آیا۔ شاید وہ رونے کے واسطے خود کو ہم سے روپوش کرنا چاہ رہا تھا۔

نہیں، میں جا رہی ہوں۔ اب اس جنگل سے مجھے وحشت آتی ہے۔ یہاں سب کچھ تبدیل ہو چکا ہے اور شاید اب بھی بہت کچھ تبدیل ہونا باقی ہے۔ مگر تم لوگوں نے یہ کیا حال بنا رکھا ہے؟

بہن، غربت ہمارا شکار کرتی ہے۔ کاش روزی بھی ہمارا شکار کرتی، یہ محض کہنے کی بات نہیں ہے کہ پتا جی کی موت سے لے کر جنگل کی تبدیلی تک میں غربت کا خون شامل ہے۔ اور صرف جنگل کہاں بدلا، پوری کی پوری تہذیب بدل گئی، وقت بدل گیا، انسان بدل گئے۔

تو کیا ہوا؟ زمین اور آسمان تو وہی ہے نا؟ اس نے اسے تسلی دینے کی ناکام کوشش کی۔

ہاں وہی ہے، مگر اب وہ پہلے کی طرح ٹھہری ہوئی نہیں ہے، وہ ناچتی ہے، تھرکتی ہے۔ آسمان کی گردش میں بہت تیزی آ گئی ہے، بادلوں سے اترنے والی بارشیں بھی وہی ہیں مگر ہواؤں کا رخ کسی اور سمت

ہے اور پانیوں سے تعفن زدہ مردہ جانوروں کی بُو اُٹھتی ہے۔

وہ وہاں سے اداس چہرہ لیے گھر واپس ہوئی اور بھول گئی کہ علاوہ ازیں اور بھی اس کی بہت ساری یادیں تھیں جو یا تو کہیں کھو گئی تھیں یا اسی جنگل کے کسی پیچ دار درخت کی جڑ میں دفن ہو گئی تھیں۔ اس نے واپسی کے وقت بھی آسمان کو غور سے دیکھا تھا، جنگل کا اوپری حصہ کھلا ہوا تھا اور آسمان اس وقت بھی سرخ بادل کی چادروں میں لپٹا ہوا تھا۔ وہ گدھ، چیل، شکرے، طوطے اور بلبل جیسے پرندوں کو ڈھونڈ رہی تھی مگر پرندے اب غائب ہو چکے تھے اور فضاء میں ایک موہوم سناٹا تیر رہا تھا۔

+++

نادیدہ خواب

جلا دو
کتابیں جو کہتی ہیں دنیا میں حق جیتتا ہے
کہ ہم جانتے ہیں
کہ جھوٹ اور سچ میں ہمیشہ ہوئی جنگ
اور
جھوٹ جیتا ہے
کہ نفرت امر ہے
کہ سچ ہارتا ہے
کہ شیطان نیکی کے احمق خدا سے بڑا ہے

۔فہمیدہ ریاض

خنک ہواؤں کا ایک ریلا اس کی شکن زدہ سلوٹوں کو چھو کر گزر رہا تھا۔ وہ ایک بوسیدہ لحاف کے اندر تھی اور اس کے جسم کے ہر حصے میں تیزاب کی لہر دوڑ رہی تھی۔ کہ سورج کی زردی، تنگ روشن دان سے اس کے کمرے میں داخل ہوئی اور اس کے داغ دار چہرے کو چھو کر گزر گئی۔ اسے احساس ہوا کہ صبح ہو چکی ہے، اور قریب کہ اس کا وجود اب منجمد ہونے والا ہے۔ اسے یاد تھا کہ گزشتہ کل اس کی اُجلی اور وحشت ناک آنکھوں کو دیکھ کر کسی نے کہا تھا کہ تم زمین پر ایک نا قابل برداشت بوجھ ہو۔

اس نے تصور کیا کہ آیا بوجھ وہی ہوتا ہے جسے مزدور اٹھائے پھرتے ہیں، یا وہ کہ جسے میں اٹھائی پھر

رہی ہوں؟ حمال کے لیے بوجھ تو اس کے سر پہ اٹھائی گئی گٹھری ہوتی ہے، میرے لیے کیا؟ شاید کہ میری روح میرے جسم پر بوجھ ہے۔ کیوں نہ میں اس بوجھ کو اتار پھینکوں۔ پھر وہ ایک چٹیل میدان میں ایسے ایستادہ ہوگئی کہ فطرت کے کچھ بدصورت مناظر کو کافی قریب سے دیکھ رہی تھی، اور اس گدھ کو بھی جو بادلوں سے نیچے آ کر اس کے سر کے اوپر چکر لگا رہا تھا۔ اس نے تصور کیا کہ اس کی وحشت ناک آنکھوں میں کل کائنات اتر چکی ہے۔ اور اس نے زمین، آسمان، سیارے ان سب کو اپنی مٹھی میں بھینچ لیا ہے۔ اور کسی گہرائی میں اور بہت دور، پاتال سے بھی بہت زیادہ گہرائی میں اور بہت دور، جہاں چٹانیں کائنات سے بھی بڑی ہوتی ہیں، لے جا کر پٹخ دیا ہے۔

وہ خوش ہوئی اور رقص کرنے لگی۔ مگر اس کی یہ خوشی پائیدار نہ رہ سکی۔ بہت جلد اس نے محسوس کیا کہ کائنات جوں کا توں ہے۔ سیارے اب بھی رقصاں ہیں۔ ندیاں، نالے اور آبشار سب اپنی دھن میں مگن ہیں۔ اس کی آنکھوں میں ایک طوفان اور اترا۔ وہ بادلوں کے رتھ پہ سوار ہوئی اور آسمان سے اس کی پہنائیاں ہٹانے سے لگی۔

فرشتو، مجھے بتلاؤ تو سہی کہ کبھی تم نے محبت کیوں نہیں کی؟ کوئی جواب نہ آیا۔

ہاں، بے جسم مخلوق محبت نہیں کرتی۔ وہ ہنسی۔

سورج بادلوں کے درمیان چھپ کر کپڑے تبدیل کر رہا تھا۔ دھوپ میں گھنے کہرے کے ساتھ ایک چمکدار خنکی تھی۔ دھندلے افق کے درمیان کچھ خوبصورت شکلیں بنتی تھیں۔ اور خوفزدہ کر دینے والا ایک نادیدہ عفریت ان سب پہ حاوی ہو جا رہا تھا۔

بڈھے نے بھی دیکھا کہ اس کی بیٹی گھر میں کہیں نہیں ہے، وہ گھبرایا اور واش روم کی طرف دوڑ پڑا۔ دروازہ کھلا ہوا تھا۔ شاور سے پانی بہہ رہا تھا۔ کچھ گیلے کپڑے ہینگر سے لٹکے ہوئے تھے۔ بوڑھا خوف زدہ ہو کر گھر سے باہر نکلا۔ دھوپ کا نور غائب ہو چکا تھا اور گرم خون کو بھی منجمد کر دینے والی شدت کی سردی نے پورے شہر کو برف کی چادروں میں ڈھانپ لیا تھا۔ بوڑھا لاپروا تھا، وہ تیزی سے سڑک پر چلتا رہا۔ مسلسل چلنے کا عمل جاری رکھنے کی وجہ سے اس کا وجود اب برف ہو چلا تھا۔

مگر اس کے دل میں عشق کا الاؤ اب بھی روشن تھا۔ وہ غیر آباد جگہوں سے نکلا اور ایک ویران جگہ میں جہاں جانوروں کے قدم کی کچھ دھندلی چھاپیں زمین پر گڑی ہوئیں تھیں، پہنچا۔ اس نے وہاں ایک لاغر ہرنی کو جھاڑیوں میں چھپتے دیکھا اور ایک خرگوش کو بھاگتے ہوئے۔ پھر اس نے اپنے قرب وجوار کو پرفسوں نگاہوں سے دیکھا۔ چہار جانب کی فضاء خاموشی میں ڈوبی ہوئی تھی۔ بہت دور ایک برگد کا بوڑھا درخت تھا جہاں، کچھ بچیاں ایک پاؤں پر اُچھل کر لکیر پار کرنے والے کھیل میں مصروف تھیں اور کچھ بوڑھے اپنی مویشیوں کے ساتھ وقت گزاری کے عمل سے لطف اندوز ہو رہے تھے۔ اس نے ان سب کو نظر انداز کیا اور

آ گے بڑھ گیا۔لیکن بہت جلد اس نے محسوس کیا کہ اس کے دونوں ہاتھ مفلوج ہو رہے ہیں۔ پاؤں چلنے سے اسے روک رہے ہیں۔ زبان کسی زندہ چوہے ادھر ادھر بھاگ رہی ہے۔ کان سے کچھ پرندے اپنی پھڑ پھڑاہٹ کے ساتھ اڑتے جاتے ہیں۔ وہ پھر بھی برگد کی طرف رینگتے ہوئے لپکا۔

اس نے دیکھا کہ بادلوں کے رتھ پہ سوار ایک سانولی لڑکی آسمان سے اس کی پہنائیاں ہٹا رہی ہے اور کچھ غیر مرئی قوتیں اس کی رکھوالی کر رہی ہیں۔

فرشتو، ذرا بتلاؤ تو سہی، کبھی تم نے محبت کی ہے؟ جسم، رنگ، روپ اور بہار کی بدصورتی کی تم نے کبھی شناخت کی ہے؟ نہیں کروگے۔ کبھی نہیں کروگے۔ مگر لافانی روح کی کھردری کھالیں پہن کر محبت کی جھوٹی نغمہ سرائی ضرور کروگے۔

میری بچی تمہارا جسم گندا ضرور ہوا ہے تمہاری روح اب بھی شیشے کی طرح شفاف ہے۔ بوڑھے نے ٹھیک اپنے ناک کی سیدھ اسے چمکتی ہوئی آنکھوں سے دیکھا؟۔

میرا جسم بھی گندا کیوں ہو؟ تباہی میرے ہی ذمے کیوں؟ اس کے لہجے میں غصے اور اعتماد کی بحالی تھی۔

اسی اثناء دھندلے افق کے درمیان عفریت نما ایک بے لباس اور خوف زدہ کر دینے والا سایہ بلند ہوا۔ بالکل انسانوں جیسا۔ اس نے فضاء کے سکوت کو توڑ دیا۔ اس کے جسم کے ہر جگہ پہ سیاہ بالوں کا گچھا تھا اور وہ تیز ہوا میں لہرا رہا تھا اور اس کی دونوں دیوہیکل ٹانگوں کے درمیان اور اندھیرے غار جیسے اس کے سیاہ ناف کے نیچے ہاتھی کا ایک بدصورت سونڈ جھول رہا تھا۔

دیکھو، اسے غور سے دیکھو۔

سایہ؟

سایہ نہیں سونڈ۔

ہاں

دیکھو تو سہی اس کی تو روح بھی کیچڑ سے آلودہ ہے۔

اور جسم؟

جسم نہ کہو، سونڈ۔ وہ بھی ایک وحشی ہاتھی کا اور اس کے وجود کی بقا بھی اسی بدصورت سونڈ سے ہے۔

لڑکی کے جسم پر ایک بچھو رینگ رہا تھا اور وہ اسے اپنے ہاتھوں سے سہلا رہی تھی۔ اسے احساس تھا کہ وقت تھم چکا ہے۔ سر پہ چکر لگا رہے گدھ کی آنکھیں ٹھہر چکی ہیں اور ہاتھی کا سونڈ اس کی طرف تیزی سے بڑھ رہا ہے۔ اس نے سیاہ بادلوں کو اکٹھا کیا اور پوری قوت سے آسمان کو اپنی مٹھی میں بھینچ لیا اور افق پہ دے مارا۔ وہ خوش ہوئی اور رقص کرنے لگی۔ مگر اس کی یہ خوشی دیر پا نہ رہ سکی۔ بہت جلد اس نے محسوس کیا کہ کائنات جوں کا توں

ہے۔ ندیاں، نالے اور آبشار اپنی دھن میں مگن ہیں۔ اور ہاتھی کا سونڈ جھولتا ہوا اس کی طرف آ رہا ہے۔ ایک طوفان پھر سے آیا اور آسمان کی پہنائیاں اس کی آنکھوں میں اتر گئیں۔ اس نے اپنے خدا کو پکارا۔

خدا، مجھے بتاؤ تو سہی کہ سچ اور جھوٹ کی جنگ میں جیت ہمیشہ جھوٹ کی کیوں ہوتی ہے؟ نفرت امر کیوں ہے خدایا؟ کہیں یہ سچ تو نہیں ہے اے ہمارے خدا کہ شیطان تیرے نیکی کے احمق خدا سے بڑا ہو چکا ہے۔

خدا خاموش رہا۔ اس کی طرف سے کوئی جواب نہ آیا۔

+++

نیلوفر اور بھاپ بن کر اُڑ جانے والے

باغوں اور بہاروں والا
دریاؤں کہساروں والا
آسمان ہے جس کا پرچم
پرچم چاند ستاروں والا
جنت کے نظاروں والا
جموں اور کشمیر ہمارا

برف پوش پہاڑیوں کے دامن میں خوبصورت جھاڑیاں اور کچھ سیب کے درخت سوکھتے جا رہے تھے۔ جھاڑیوں اور درختوں کے اردگرد سبز اور نیلے رنگ کے پرندے دانہ چن رہے تھے۔ بادلوں کا ایک کارواں وہاں سے گزر رہا تھا۔ ننھے منھے پرندوں نے بادل کی طرف پرامید نظروں سے دیکھا۔

''تم نے سیاسی خداؤں کو ناراض کیا۔ ہم تمھیں پانی نہیں دے سکتے۔''

آسمان سے بادل کے اس جواب نے ننھے پرندوں کو اداس کیا۔

نیلوفر بھی انھی پرندوں میں سے ایک تھی۔ چاند سے بھی زیادہ حسین، برف سے بھی زیادہ سفید نیلوفر۔ وہ بھیانک خواب کے ساتوں آگ کے سمندر کو پار کر کے میرے سامنے کھڑی تھی۔

''دنیا میں دو ہی نیلوفر ہوتے ہیں۔ ایک نیلوفر آفتابی، دوسرا نیلوفر ماہتابی۔''

''تین کب سے ہو گئے؟''

''تین نہیں۔ چار۔'' اس نے اشارہ کیا۔

ہماری وادی میں نیلوفر برفانی بھی ہوتے ہیں۔ میں نیلوفر برفانی ہوں۔ برف کی بیٹی، برف کی گود میں پیدا ہوئی اور اسی کی گود میں میری روح رچ بس گئی۔ مجھے آپ نیل کہہ سکتے ہیں۔

''کیا یہ برف پوش پربت اپنی بیٹیوں کی حفاظت کر سکتا ہے؟''

''وہ دیکھیے۔خوبصورت جھاڑیاں۔''

اس نے مجھے نظرانداز کیا۔

''جھاڑیاں نہیں۔لہراتے خوبصورت پنکھ۔''

مور اور مورنی رقص کر رہے تھے۔

''آپ نے چوتھے نیلوفر کے بارے میں نہیں بتایا؟''

''وہ دیکھیے۔گدھ۔''

اس نے پھر مجھے نظرانداز کیا۔

''گدھ نہیں۔باز۔''

باز آسمان میں اڑ رہا تھا۔

''چوتھے نیلوفر کے بارے میں معلومات ہیں بھی یا ویسے ہی بکواس؟''

میں نے غصے سے پر اور تیز لہجے میں کہا۔

''بتانے کے لیے اب رہ کیا گیا ہے؟''

''کیا بتاؤں؟ کیا آپ کو کیچڑ سے پیدا ہونے والے زعفرانی کنول کے بارے میں نہیں پتا؟''

آپ لوگ سب کچھ جان کر بھی خاموش رہتے ہیں۔ایک انسان بن کر ہمارے دکھ کو محسوس کیجیے تو آپ یہ بھی دیکھیں گے کہ ہماری وادی نفرت کے بادلوں کے لیے بھی سیر سپاٹے کی آماجگاہ نہیں۔ بادلوں کا ایک کارواں ہر روز آ کر سر کے اوپر سے گزر جاتا ہے۔ اور میں نفرت بھری دنیا سے نکل کر وفا کے بہتے آبشاروں کی موسیقیوں اور محبت کے ہزاروں ایسے نغموں کو سننا چاہتی ہوں جو میرے چہرے پر ریا و نمود کی مسکراہٹ بکھیرنے میں کامیاب ہو جائے۔مگر کسی زخمی پرندے کی طرح خلائی سطح پر تیرتے ہوئے برفیلی زمین پر گر گئی ہوں۔ میرے ہاتھ پاؤں شل ہو چکے ہیں اور میرا وجود مجھ پر قہقہہ لگا رہا ہے۔

گھٹن اور حبس کی شدت میں یہاں جیتے جاگتے ہزاروں لوگ ہیں۔ بوڑھے بھی، بچے بھی، نوجوان بھی۔

مگر آپ تصور کیجیے کہ اب وہ نہیں ہیں۔ وائرس اور قفل بندی کی وسیع تر بندرگاہوں پر واقع ان کی

ہزاروں ایسی لاشیں ہیں جو پانی کی سطح پر بھاپ بن کر آسمان میں اڑتی جارہی ہیں۔

لیکن پھر بھی میں خون کی نفرت انگیز اور دھول مٹی زمین سے لاشوں کا بوجھ اٹھا کر احساس کے ریگستان پر کچھ مقدس رشتوں کو جنم دے کر جہاں کچھ چہروں کے نقوش ریت کے بکھرے بکھرے زلفوں پر گجرے کی طرح مسکان بھرتے ہیں، کہوں کہ یہ زندگی ہے۔

یہ ریت کی طرح ہاتھ سے پھسلتا وقت۔

اور یہ۔

احساس کے جھروکوں سے برآمد ہونے والے کچھ چہرے۔

کچھ نقوش۔

جو مٹتے جارہے ہیں۔

تو کیا آپ ان نقوش کے مٹنے کا یقین کریں گے؟

نہیں کریں گے۔ مگر میں اپنے کزن عاطف کی زندگی کا تصور کرتی ہوں۔ عاطف کا ہنستا کھیلتا چہرہ فضاء میں مسکراہٹ کی صلیبوں پر جھول رہا ہے۔ اس کی زندگی میں اس کے ساتھ ایک بیوی، ایک بچہ، ایک ماں، ایک بہن۔

''شادی تو ہوگئی۔ زندگی کے اور کوئی ارمان ہو تو وہ بھی پورے کرلو۔''

ہمیشہ کی طرح بے نقط سنانے والی بوڑھی ماں مسکرا رہی ہے۔ لیکن اگر میں اس مسکراہٹ کو نچوڑوں تو مجھے وہاں بھوبل کے ہزاروں ایسے ڈھیر مل جائیں گے جو آنسوؤں کے قطرے سے لپٹ کر گیلے پڑ چکے ہیں۔

''اب یہ، میری زندگی نہیں۔ آپ لوگوں کی ہے۔ باہر جا کر آپ کے سارے خواب، جو ابا کی موت کی وجہ سے پورے نہیں ہو سکے۔ انہیں پورے کرنا، اب میری ذمہ داری۔''

عاطف کے لفظ میں اعتماد شامل ہوتا۔

''مگر۔''

''مگر کیا؟''

''سرخ آگ کا گولہ''

''آگ کا گولہ؟ اب یہ آگ کا گولہ کہاں سے آ گیا؟''

''پتا نہیں۔ مگر اتنا ضرور بتا سکتی ہوں کہ وہ آسمان و زمین کے درمیان ہی سے آیا تھا''

''ہاں۔''

وقت کی گردش نے اس بوڑھی ماں کی تقدیر سے آنکھ مچولی کی۔ بلند پہاڑ کی طرح اونچی اور سانپ سی لمبی ایک کالی سڑک ہے۔ کافی دور ہونے کے باوجود بھی میں اس سڑک کو دیکھ سکتی ہوں۔ سڑک پر ہر قسم کی گاڑیاں تیزی سے بڑھتی جا رہی ہیں۔ میں عاطف کو بھی سرخ و سیاہ رنگ کی ایک موٹر سائیکل پر سوار، ان گاڑیوں کے بیچ دیکھ رہی ہوں۔ وہ ہارن بجاتا اور تیزی سے لوگوں کی بھیڑ کو چیرتا آگے بڑھ رہا ہے۔

مگر ایک آگ کا گولہ ہے جو برابر اس کا پیچھا کیے جا رہا ہے۔ میں اس آگ کے گولے کو دیکھ نہیں سکتی۔ اور فولادی چادروں سے لدی ہوئی ایک بھاری بھرکم گاڑی۔ میں اس گاڑی کو ٹریفک سگنل توڑ کر بھاگتی ہوئی دیکھ سکتی ہوں۔

سگنل ٹوٹ چکا ہے۔ مجھے احساس ہے کہ سگنل پھاٹک ٹوٹنے کے علاوہ بھی یہاں کچھ ایسا ہوا ہے جو انتہائی وحشت ناک ہے۔ کیوں کہ خلاء کی ہر چیز اور خود خلاء پہ دھند حاوی ہے۔ دھند میں مستور خلاء اور اس کی ہر چیز کانپ رہی ہے۔ گاڑیوں کے پہیے جو تھوڑی دیر پہلے سڑک پر تیزی سے پھسل رہے تھے اب زمین و آسمان کے درمیان کافی اونچائی پر گھوم رہے ہیں۔ اور ان سب کے بیچ، میں اس آگ کے گولے کو دیکھ سکتی ہوں اور میں یہ بھی دیکھ سکتی ہوں کہ سڑک ڈائنامائٹ سے اڑ رہی ہے۔ عاطف کی فولادی چادروں سے لدی ہوئی اس بھاری بھرکم گاڑی سے ٹکرا کر بیس فٹ اوپر خلا میں اچھل چکی ہے۔ اور خود عاطف کا وجود بھی خلا میں گھٹن کی سانسیں لے رہا ہے۔

پھر جب دھند کی سیاہ چادریں ہٹ گئیں۔ خلاء اور خلاء کی ہر چیز چمکتے ہوئے شیشے کی طرح صاف معلوم پڑنے لگی تو میں نے دیکھا کہ سڑک صاف ہو چکی ہے۔ وہاں کچھ بھی نہیں ہے۔ انسانی گوشت اور ہڈی سے جلے کچھ راکھ اور گاڑیوں کے پرزے سے الگ ہو کر پگھلے ہوئے کچھ لوہے ہیں جنھیں سڑکوں پر چلتی گاڑیاں اپنے پہیے تلے روندتی جاتی ہیں۔

کیا اس انسانی راکھ کو اٹھانے والا یہاں کوئی انسان آئے گا؟

ابھی میں اسی سوچ کے زاویے سے باہر نہیں نکل پائی تھی کہ دفعتاً مجھے اپنے قدموں کے نیچے اور زیریں زمین کی گہرائی سے زلزلے جیسی دھمک کی ایک عجیب آواز سنائی دی۔ جیسے زمین پھٹنے والی ہے۔ جیسے سڑکیں اڑنے والی ہیں۔ اور میں محسوس کر سکتی ہوں کہ اس آواز کی گونج جہاں جہاں سنائی دے رہی ہے وہاں کی زمین پھٹتی چلی جا رہی ہے۔

میں اس وقت بہت زیادہ حیرانی ہوئی جب اس غیر ملفوظ آواز کی گونج نے برابر میرا تعاقب کرنا

شروع کر دیا۔

''کیسی آواز اور کیسے الفاظ؟''

بحیثیت کہانی کار میں نے نیلوفر کو روک دیا۔

''الفاظ کب کہا میں نے؟''

الفاظ تو آدمیوں کے ہوتے ہیں۔ وہ کوئی آدمی نہیں تھا۔ نسلی وجود کھو دینے والے خونخوار ڈریگن کی طرح ایک اژدہا زندہ ہو چکا تھا۔ اژدہے کے جسم پر زعفرانی دھاریوں کی کچھ لکیریں بنی ہوئی تھیں۔ اس وقت میں نے ایک خلائی مخلوق کے اڑن کھٹولے سے ہٹلر کی قبر کو برآمد ہوتے بھی دیکھا۔ ہٹلر کی روح ڈریگن نما اژدہے کے اندر سمائے جا رہی تھی اور میں کمر تک زمین کے نیچے دھنس چکی تھی۔ میں نے آنکھ بند کر کے اپنے وجود کو باہر نکالنے کی ہر ممکن کوشش کی۔ مگر میں اس میں ناکام رہی۔

آنکھ کھول کر دنیا کو دیکھنے کی کوشش کی تو اژدہے کے منہ سے سرخ آگ کا گولہ نکل رہا تھا۔ مٹیالی زمین گرم لوہے کی طرح سرخ پڑتی جا رہی تھی۔ کھیتوں کی ہریالی بھی غائب ہو چکی تھی۔

بکریوں اور بھیڑوں کے تھن سے دودھ بھی غائب۔

اور پانی کی نلکیوں سے پانی کے قطرے تک مترشح ہونا مشکل ہو گیا تھا۔

جھاڑیوں کے پاس کچھ سیب گرے ہوئے تھے۔ کوے نے سیب پر چونچ مارا۔ کوے کے چونچ مارتے ہی سیب سے ایک چنگاری نکلی اور اس کے منہ میں داخل ہو کر، اس کے جبڑے اور حلق کو چیرتی ہوئی پیٹ میں جا پہنچی۔ اس کے پر جلنے لگے۔ کوا پھڑ پھڑایا اور وہیں جل کر بھسم ہو گیا۔

کچھ دنوں پہلے ایک صحافی نے پٹرول پمپ سے تیل، ملک کی ایجینسی سے گیس اور بینک سے پیسے غائب ہونے پر اردو اخبار میں ایک کالم بھی لکھا تھا۔ مگر افسوس اسے ایک وہم سمجھ کر بھلا دیا گیا اور اب اس صحافی کی پیشن گوئی سے متعلق ہر چیز کا کھلی آنکھوں مشاہدہ کیا جا سکتا تھا۔

پھر شہر کے ایک اسپتال میں سے کسی عورت کی دردناک چیخ نے دنیا کو اور بھیانک روپ میں بدل کر رکھ دیا۔ حاملہ عورت کی چیخ اتنی ہولناک تھی کہ اسے سن کر مسجد کے گنبدوں پر بیٹھے کبوتر اڑ کر بھاگنے لگے۔ آسمان میں جگہ جگہ سے چھید ہو گئے۔ بادل کے بڑے بڑے مرغولے ٹوٹ ٹوٹ کر زمینی دنیا پر گرنے لگے۔ سیارے جھڑ گئے۔ اور پہاڑ روئی کی گالوں کی طرح فضاء میں اڑتے جا رہے تھے۔

اس پورے خوفناک منظر کو دیکھ کر ایتھنز کی وادیوں کا ایک سائنس دان چلا اٹھا کہ اب مجھے ان آیتوں اور کہانیوں پر یقین ہونے لگا ہے، جن میں سورج کے پھٹ جانے، ستاروں کے بے نور ہو جانے اور

سمندر کے بھڑک جانے کا ذکر موجود ہے۔

میں تصور سے باہر نکل چکی ہوں۔ مجھے اب بھی حیرانی ہے کہ میں زندہ کیوں ہوں؟

مگر مجھے زندہ رکھا گیا ہے۔ کچھ سیاسی آنکھیں ہیں جو مجھے ڈھونڈ رہی ہیں۔ مگر کسی زخمی پرندے کی طرح خلائی سطح پر تیرتے ہوئے برفیلی زمین پر گر گئی ہوں۔ میرے ہاتھ پاؤں شل ہو چکے ہیں اور میرا وجود مجھ پر قہقہہ لگا رہا ہے۔

اور میرے لیے یہ تصور کرنا آسان ہو چکا ہے کہ گھٹن اور حبس کی لہریں تیز ہو چکی ہیں۔ ہزاروں لوگ ہیں۔ بوڑھے بھی۔ بچے بھی۔ نوجوان بھی۔ عاطف بھی۔ حاملہ عورت بھی۔ مگر اب وہ نہیں ہیں۔ وائرس اور قفل بندی کی وسیع تر بندر گاہوں پر واقع ہزاروں ان کی ایسی لاشیں ہیں جو آبی سطح پر سے بھاپ بن کر اڑتی جاتی ہے۔

میں وحشتوں کی اسیر بن چکی ہوں۔

''کیا پتا کل میں بھی بھاپ بن کر اڑ جاؤں؟''

''کہاں؟''

''آسمان میں''

باغوں اور بہاروں والا
دریاؤں کہساروں والا
آسمان ہے جس کا پرچم
پرچم چاند ستاروں والا
جنت کے نظاروں والا
جموں اور کشمیر ہمارا

+++

دشت حیرت

’’جب تک زندہ ہو خوشی خوشی زندگی گزارو۔ موت کی متلاشی آنکھ سے کسی کو مفر نہیں۔ جب ایک مرتبہ تمہارا یہ بدن جلا دیا جائے تو یہ دوبارہ واپس کیسے آ سکتا ہے؟‘‘

(برہسپتی)

میری تلاش کا پیمانہ بہت زیادہ وسیع نہیں ہے۔ ہاں کچھ اپنی کوشش اور مسلسل جہد آوری کی وجہ سے کبھی نہ کبھی میں بہت سارے رازوں سے واقف ہو جاتا ہوں اور ان لوگوں سے بھی جن کے سینے میں کئی راز پوشیدہ ہوتے ہیں۔ تلاش چاہے کسی بھی چیز کی ہو، محبت کی ہو یا عقیدت کی، زندگی کی ہو یا موت کی، جھوٹ کی ہو یا حقیقت کی، درست وقت پر دریافت نہ ہو سکے تو انسان ہار جاتا ہے اور تھک کر گر جاتا ہے۔

زندگی کے نت نئے فلسفوں کی تلاش میں ماضی کی بہت ساری گپھاؤں سے گزرا جہاں اندھیرے اور اجالے کی جنگ چھڑی ہوئی تھی۔ کہیں اندھیرا اجگر کی طرح ڈکاریں لے رہا تھا تو کہیں اجالا عنقا کی طرح اپنے دونوں بازوؤں کو پھیلا کر اندھیرے کو نگلنے کی کوشش کر رہا تھا۔

اسی اندھیرے میں حیات و ممات سے متعلق فلسفوں کا کاروبار کرنے والے لوگ بھی تھے۔ ان کی ایک بھیڑ تھی اور اسی بھیڑ میں برہسپتی کے چارواکوں نے اپنا بیوپار شروع کر دیا تھا۔ میں اس اندھیرے غار میں قدم رکھنے ہی والا تھا کہ ایک آواز آئی۔

’جب تک زندہ ہو خوشی خوشی زندگی گزارو۔ موت کی متلاشی آنکھ سے کسی کو مفر نہیں۔ جب ایک مرتبہ تمہارا یہ بدن جلا دیا جائے تو یہ دوبارہ واپس کیسے آ سکتا ہے؟‘

تھوڑی دیر خاموشی رہی اور پھر ایک خوفزدہ کر دینے والی آواز گونجنے لگی۔

’کوئی مافوق الفطرت (الوہی) قوت موجود نہیں۔ خدا غریبوں کو دھوکا دینے کے لیے امیروں کا وضع کردہ فریب ہے‘

زمانہ حال میں ویران حویلیوں کی بوسیدہ عمارتوں کو زمین بوس ہوتے دیکھ آیا تھا جہاں آثار قدیمہ کے درو دیوار پر نقش ونگار سے مزین کچھ تصویریں آویزاں تھیں۔ شاہی بازاروں میں کچھ دکانوں کو میں نے کھڑکیوں سے جھولتے ہوئے بھی دیکھا تھا جہاں محرابی دھاریاں روز اپنا سر پٹختی رہتی تھیں۔

پھر کیا ہوا تھا؟

میں نے اس روز شاہی کھنڈر کے ملبے تلے سرد لاشوں کو بھی دیکھا تھا۔ اس روز ایک بارش کی چھوٹی سی بوند بھی میرے سر پر آ ٹپکی تھی۔ یہ بارش کی بوند قدرتی بارش سے بہت الگ تھی۔ اور یہاں کے آسمان بھی خدائی آسمان سے الگ اور مختلف تھے۔ اس آسمان کے نیچے کفر کا بادل تھا۔ وہ میری زندگی کا ایک بھیانک دن تھا جب میں نے اس بادل کو غیر ملبوس پایا تھا۔

مجھے یاد ہے کہ اس وقت برہسپتی کے چار داکوں کے چہرے پر ہنسی تھی۔ اپنے چہرے پر ہوائیاں اڑتے دیکھ کر میں اپنے آپ میں سرگوشیاں کرنے لگا۔

کیا سچ میں کوئی الوہی طاقت نہیں؟

گپھا کے اندر ایک تنگ سرنگ بھی تھی جس سے تھوڑی روشنی چھن کر باہر کو آ رہی تھی۔ میں اس طرف دیکھ رہا تھا۔ شاید کوئی میری طرف بڑھ رہا تھا۔

ابھی میں یہ سوچ ہی رہا تھا کہ کسی نے پیچھے سے میرے کپڑے کو زور سے پکڑا اور میں اس تنگ سرنگ کے اندر گھسٹتا چلا گیا۔ گھبراہٹ اور خوف کے احساس میں اتنی شدت ہو گئی کہ جیسے کوئی داروغہ مجھے دوزخ کی کھائی میں گھسیٹ کر لیے جا رہا ہو۔

’آپ کون ہیں؟‘

’میں تمہاری دنیا کا وہ شخص جس نے قوانین کی سالمیت کو برقرار رکھنے اور حق کی تلاش کی خاطر زہر کا پیالہ گھونٹ لیا‘

’یومن آپ ڈاکٹر سقراط ہیں؟‘

’نہیں صرف سقراط کہو‘

’کیا سچ میں کوئی الوہی طاقتوں کا دنیا میں وجود نہیں؟‘

’اپنے آپ کو پہچانو‘

یہ اس کا جواب تھا۔ میں نے اس بات کو کاٹتے ہوئے کہا کہ آپ نے میرے سوال کا کوئی جواب نہیں دیا؟

'کیا سچ میں کوئی الوہی طاقت؟'

'میں ایک بات خوب جانتا ہوں اور وہ یہ ہے کہ میں کچھ بھی نہیں جانتا۔'

'تو کیا تلاش حق میں ساری زندگی فلسفیانہ بحثوں کی نذر کر دینے کا انجام محض کچھ نہیں جاننا ہوتا ہے؟'

یہ سن کر وہ بھڑکا۔ اس کے چہرے پر وحشت کا سایہ تھا۔

'ہاں ساری زندگی فلسفیانہ بحثوں کی نذر کر دینے کے باوجود بھی انسانی عقلیں صحیح سے غلط کو تمیز کرنے میں اور گودے سے چھلکے نکالنے میں ناکافی ثابت ہوئی ہیں'

یہ کہہ کر اس نے جزدان میں لپٹا ایک صحیفہ میرے حوالے کیا اور یہ کہتے ہوئے مجھے رخصت کر دیا کہ 'اس سے کبھی بھی الگ مت ہونا۔

سرنگ سے باہر آیا تو برہسپتی کے چار داکوں نے مجھے اپنی حصار میں لے لیا۔ ان سب کی زبان پر ایک ہی بات تھی۔

'کیا تم اب بھی سمجھتے ہو کہ کوئی الوہی طاقتوں کا نظام اس دنیا کے پیچھے ہے۔؟

'پتا نہیں۔'

اس وقت میں بہت گھبرایا تھا۔

'کیا تم دیکھتے نہیں کہ اس دنیا میں کئی خدا پہلے ہی سے موجود ہیں۔؟'

میں نے انہیں نظر انداز کیا۔ اپنی چادر کو سمیٹتے ہوئے کان بند کر لیا اور اپنے بازو میں سقراط کے دیے گئے جزدان میں لپٹے اس مصحف کو لے کر اس خوفناک گپھا سے باہر نکل آیا۔

باہر نکلا تو یہاں کچھ بھی پہلے جیسا نہیں تھا۔ یہاں کی فضاء پہلے سے بھی زیادہ زہریلی ہو چکی تھی۔ ہر طرف دھند کی لہر تھی اور میری نگاہوں سے بہت دور سڑکوں پر کچھ گاڑیاں تیزی سے رقص کر رہی تھیں۔

میں صحیفے کو سینے سے چمٹائے کھڑا یہ سب دیکھ رہا تھا۔

میرے دیکھتے ہی دیکھتے ایک دھما کہ ہوا اور سڑکوں پر رقص کرتیں گاڑیاں کئی فٹ اوپر فضاء میں چکر کاٹنے لگیں۔ دھند پر سیاہ دھوئیں کی دبیز چادر غالب آ گئی۔ خاکستری سڑکیں سرخ رنگ ہو گئیں اور انسانی جسم کے خون آلود لوتھڑے زمین کی سطح پر جنبش کرنے لگے۔

مجھے لوگوں کے مرنے کا بہت دکھ ہوا۔ اس وقت میں نے خود کو سنبھالا تھا۔ تیزی سے دوڑا اور خود کو بچانے کی کوشش میں آنکھ بند کر کے دوڑتا رہا۔ دوڑنے کے دوران میں نے اپنے پاؤں تلے تازہ ہڈیوں کی کڑ کڑاہٹ بھی سنی جو ابھی بھی زندہ ہونے کی علامت ظاہر کر رہی تھیں۔ کئی چیخیں بھی میری کانوں سے ٹکرائیں جو ربوبیت پر سوال کھڑا کر رہی تھیں۔ جسم کے کئی چیتھڑے بھی مجھ سے روندے گئے تھے۔ لیکن مجھے کچھ پتا نہیں تھا کہ میں کہاں دوڑ رہا ہوں۔ مسلسل دوڑنے کی وجہ سے میرا لرزیدہ جسم کسی کھمبے سے ٹکرایا اور میری نیند ٹوٹ گئی۔

تو کیا یہ سب خواب تھے۔؟

ہاں خواب تھے مگر میں اس خواب کے اندر جاگ رہا تھا اور اس کی سب سے بڑی دلیل یہ تھی کہ سقراط کا دیا صحیفہ میرے ہاتھ میں تھا۔ اور برہسپتی کے چار داکوں کی مضحکہ خیزی بھی کہ

'کوئی مافوق الفطرت (الوہی) قوتیں موجود نہیں۔ خدا غریبوں کو دھوکا دینے کے لیے امیروں کا وضع کردہ فریب ہے۔'

اب چوں کہ میں سرد لاشوں کو کچل کر خواب سے باہر آیا تھا۔ میں بھی دنیا میں ہو رہے فساد اور خونریزی کو دیکھ کر اس فلسفے کا شکار ہو گیا کہ خدا غریبوں کو دھوکا دینے کے لیے امیروں کا وضع کردہ فریب ہے۔ تنگ سرنگ میں سقراط سے ہوئی گفت وشنید سے یہ بھی معلوم ہوا تھا کہ بعض جگہ انسانی عقلیں حق کی تلاش میں ناکافی ثابت ہوئی ہیں۔

اور سقراط نے صحیفہ حوالہ کرتے ہوئے یہ بھی کہا تھا کہ اس سے کبھی بھی الگ مت ہونا۔ میں نے اس صحیفے کو پڑھنا شروع کیا۔ پہلے صفحہ پر لکھا تھا۔

'بے رنگ دنیا۔ نور، دھوپ، سمندر، صحرا۔ سب فریب۔'

میں ایک ایک کر کے صفحے پلٹتا چلا گیا۔

'عشق فریب، عشق کی انتہا فریب، انسان کا ہونا فریب۔'

میں پڑھتے پڑھتے ایک جگہ ٹھہرا اور چونک گیا۔ لکھا تھا۔

'میں سقراط نہیں۔ ابوالہول ہوں۔ اور ایک نادیدہ خلا میں بھٹکتی ہوئی روح ہوں۔ میں انسان نہیں ہمزاد ہوں۔ سایہ ہوں۔ عکس ہوں۔ جب ایتھنز کی وادیوں میں میرے زہر کا پیالہ رقص کرے گا، میں ہنسوں گا، قہقہے لگاؤں گا اور نامعلوم خدا سے ملاقات کی کوشش کروں گا۔'

میں دشت حیرت میں تھا اور سقراط گم تھا اور میں اب بھی سوالوں کا پیچھا کر رہا تھا۔ خواب میں داغ

کیوں ہوتے ہیں؟ خواب فرار کے راستوں کو آواز کیوں دیتا ہے؟ خواب فریب کیوں ہوتا ہے؟ میں اب بھی دشت حیرت میں ہوں اور مسلسل دوڑ رہا ہوں اور مجھے نہیں معلوم کہ یہ سلسلہ کب تک چلے گا۔

+++

لباس بے لباس

"میں تو شبدوں کی پہیلی ہوں
ایک ہاتھ
ایک طلسمی گھر
ایک تربوز
جو لڑھک رہا ہو
ایک سرخ پھل ہاتھی دانت، صندل کی لکڑی
وہ ریزگاری
جو ابھی ابھی تازہ، ٹکسال سے نکلی ہو"

۔سلویا پلاتھ

تاریکی کے پردے کو چیرتی ہوئی صبح پر نور اجلی کائنات کی آغوش میں سرد آہیں بھر رہی تھی۔ آگ اگلتا سورج نگاہوں سے اوجھل ابلیس کے دونوں سینگوں کے درمیان ٹھہا کا لگا رہا تھا۔ نیلگوں آسمان کے نیچے سمندر کی سطح پر کانپتی لہریں آپس میں سرگوشیاں کر رہی تھیں۔ پانی کی دھیمی دھیمی لہروں پر ماہی گیر کی کشتیاں ڈانواں ڈول ہو رہی تھیں۔ کچھ عورتیں اپنے بچوں اور مردوں کے لیے کچی مٹی سے تیار کردہ چولہے پر روٹیاں سینک کر ناشتہ تیار کر رہی تھیں۔ کچھ لوگ آپسی رسہ کشی میں اپنے پڑوسیوں کو گالم گلوچ سے فیض یاب کر رہے تھے۔ سب اپنے اپنے کاموں میں مصروف ہو چکے تھے۔
اسی درمیان وہ پھونس کی ایک جھونپڑی سے باہر کو آنکلی۔ کچھ دیر ادھر ادھر دیکھتی رہی۔ اسے دیکھ کر

مجھے ایسا لگا کہ وہ اندر سے ٹوٹ ٹوٹ کر بکھر چکی ہے۔ مجھے یہ بھی لگا کہ اس کا وجود زندگی اور موت کی باریک سطح پر ہچکولے کھا رہا ہے۔ پھر بھی وہ یکے بعد دیگرے فطرت کے مناظر کو مستقل اداس بھری نگاہوں سے دیکھتی رہی۔

اچانک اس کے جسم کے اندر کا، نرم و گداز سرخ گوشت کا لوتھڑا زور زور سے دھڑکنے لگا۔ اس نے آسمان کی طرف اپنے دونوں ہاتھوں کو بلند کرتے ہوئے کہا:

''میں اندھیرے کی سرحد پر کھڑی ہوں۔ کسی اور کے جرم کی سزا بھگت رہی ہوں۔ اندھیرے کے باہر بھی گھنا اندھیرا ہے۔ میں اس اندھیرے میں بھٹک رہی ہوں۔ اور مجھے نہیں پتا کہ ایسا کب تک چلے گا۔''

اس کے رخسار جیسے گندمی چکنی سڑک پر کسی نے آنسوؤں کی لکیر کھینچ دی ہو۔ اس نے مجھے دیکھ کر قہقہہ لگایا۔ مجھے احساس تھا کہ اگر میں ان قہقہوں کو نچوڑوں تو ہزاروں کرب انگیز چیخیں میرے وجود کی کرچی کرچی بکھیر دیں گی۔ اب میں اسے چھو سکتا تھا۔ ناتجربہ کار لڑکی کے شانے پر میں نے دھیرے سے ہاتھ رکھ کر کہا:

''خدا ضرور آپ کی مدد کرے گا۔ ممکن ہو تو بتائیے کہ آپ سیاہ راتوں کا تعاقب کیوں کر رہی ہیں؟''

وہ تھوڑی دیر چپ ہو کر مجھے گھورنے لگی۔ اور پھر اس کے الفاظ تندور بن گئے۔

''معزز خاندان کے افراد کو یہ زیب نہیں دیتا کہ وہ کسی فاحشہ کی اولاد کی دکھتی رگوں پر ہاتھ رکھے۔''

''فاحشہ__''

میرے لفظ کمزور تھے۔ سماج سے سیاست تک کیا ایسے لوگوں کی کمی ہے۔

کچھ لوگ سیاہ رات کو پرنور بنانے کا ہنر جانتے ہیں۔

لیکن یہ لفظ فاحشہ۔ حقیقت یہ کہ یہ لفظ اب بھی مجھے گراں گزر رہا تھا۔ لیکن میں اس عورت کو جاننے کا خواہش مند تھا۔ اور یہ بھی حقیقت کہ ہم دونوں ایک دوسرے کو بہت دنوں سے دیکھ رہے تھے۔ اور میں اس نفسیات سے واقف تھا کہ پراسرار راستے بھی منزل کی تلاش میں ہوتے ہیں اور یہ بھی کہ یہ عورت مجھ سے کچھ کہنا چاہتی ہے۔

اس نے ایک لمبی سانس لی۔

''آپ میرے لیے اجنبی ہیں۔''

''مگر یہاں اجنبی کون نہیں؟''

''ہاں۔''

''مگر فاحشہ۔ کیا اس لفظ میں تیزاب کی آگ نہیں؟''

''کچھ لوگ زندگی بھر تیزاب سے جلتے رہتے ہیں۔ پھر ان کے پاس نہ جسم ہوتا ہے، نہ چہرہ۔'' اس نے سر کو جھکا لیا۔

اس وقت میرے خیالات کو گھن لگ گئی تھی۔ اور بار بار ایک ہی لفظ ہتھوڑا بن کر میرے دماغ پر زور زور سے برس رہا تھا۔

''کیا اس نے اپنی ماں کو فاحشہ کہا؟ معاشرے کو، زندہ انسانوں کو؟''

کبھی کبھی ایک بار میں کسی سوال کا جواب نہیں ملتا۔ اس دن بے رخی سے اس نے کہا۔

''کیوں کھڑے ہو۔ جاتے کیوں نہیں؟ اور ہاں۔''

''ہاں کیا؟''

''میں اب بھی تیزاب سے جل رہی ہوں اور خدا کے لئے مجھے اکیلا چھوڑ دو۔''

اس دن میں نے اسے اکیلا چھوڑ دیا۔ مگر کچھ لوگ ہوتے ہیں، کچھ چہرے جو آپ کا پیچھا نہیں چھوڑتے جو ایک خاص قسم کا تجسس پیدا کر جاتے ہیں۔

پانچ دنوں بعد وہ ملی تو خاموش تھی۔ سر جھکا ہوا تھا۔ کسی کشمکش میں تھی۔ وہ اسی مقام پر تھی، جہاں پہلے ملی تھی۔ مجھے یقین ہے، اس نے مجھے دیکھ لیا تھا۔ مگر پہلی بار میں مجھے دیکھ کر بھی نظر انداز کیا۔ گھبرائی ہوئی ادھر ادھر دیکھتی رہی۔ اس وقت میری نگاہیں اس نوخیز لڑکی کے چہرے کا تعاقب کر رہی تھیں۔ پھر وہ دھیرے دھیرے چلتی ہوئی میرے قریب آئی۔ پھر میرے پاس کھڑی ہو کر اپنی پلکیں جھکا لیں۔ میں نے اسے تسلی دیتے ہوئے کہا۔

''گھبرایئے مت۔ اور ہاں، مجھ سے ڈرنے کی ضرورت نہیں ہے۔''

وہ ہنسی۔

''ڈرنا ضروری ہوتا ہے کیا؟''

''مجھے تو ایسا لگتا ہے جیسے کسی خوف اور اندیشے نے آپ کو گھیر رکھا ہو۔''

''خوف۔ اندیشہ۔'' وہ پھر ہنسی۔

اس کے دانت موتیوں کی طرح چمک دار اور سفید نہیں تھے۔ چہرے پر اداسی تھی۔ مگر وہ کہہ رہی تھی کہ وہ خوف زدہ نہیں۔ پھر کیا ہو سکتا ہے۔

میں نے پھر پوچھا۔

''کیا آپ بھروسے پر یقین نہیں رکھتیں؟''

''نہیں۔'' یہ کہہ کر وہ ہنسی۔

''بھروسے میں بچھو ہوتے ہیں۔ بڑے بڑے بچھو۔''

''اب یہ بچھو کہاں سے آ گئے؟''

''جہاں سے بھروسا آیا۔'' وہ آہستہ سے بولی۔

پھر وہ یادوں میں کھو گئی۔ اس کے ہونٹ آہستہ آہستہ ہل رہے تھے۔ وہ کچھ بتانے کی کوشش کر رہی تھی۔ بولنے سے پہلے اس نے ٹھہاکا لگایا۔ ایک باپ، ایک ماں، ایک میں اور ایک بدن کی آنچ۔

''بدن کی آنچ؟''

''وہی ہزار بار سنی ہوئی کہانی۔''

''مگر ہر بدن مختلف ہوتا ہے۔ بدن کی آنچ بھی مختلف۔ میرے باپ کو میرے بدن کی آنچ پسند آ گئی تھی۔'' وہ کھلکھلا کر ہنسی۔ ''اماں نے باپ کو زہر دے دیا اور ایک صبح جو گھر سے نکلی تو واپس نہیں آئی۔''

''پھر؟''

اس نے میرے ہاتھ کو اپنے ہاتھوں میں لیا۔ یہ ایک میدان تھا، جہاں کچھ بچے پتنگ اڑا تھے۔ کچھ لوگ غور سے ہماری طرف دیکھ رہے تھے۔ لڑکی ان سب باتوں سے بے نیاز تھی۔ اس نے آسمان کی طرف اشارہ کیا۔

''وہاں دیکھو۔''

''کیا ہے؟''

''آسمان بھی بے لباس۔ اور وہ دیکھو۔''

''چٹان؟''

''چٹان نہیں مٹی کا ملبہ۔ وہ بھی بے لباس۔ اور وہ دیکھو۔''

''وہاں، جہاں بچے پتنگ اڑا رہے ہیں؟''

''ہاں۔ وہاں کی زمین کو دیکھو۔ زمین بھی بے لباس۔''

وہ اچانک میری طرف مڑی۔

''زمین، آسمان، چٹان۔ تم نے کبھی ان کی بے لباسی محسوس کی؟''

وہ دوبارہ ہنسی۔

"نہیں کرو گے۔ کبھی نہیں کرو گے۔ ہاں، مگر ایک عورت کی بے لباسی ضرور تلاش کر لو گے۔ تم سب ایک جیسے ہو۔"

اس نے ایک پتھر کو ٹھوکر سے اچھالا اور آگے بڑھ گئی۔ ایک ہاتھ، ایک تربوز، ایک طلسمی گھر۔

میں بچوں کو پتنگ اڑاتے ہوئے دیر تک دیکھتا رہا۔ اس درمیان لڑکی کا چہرہ میری نظروں سے اوجھل ہو چکا تھا۔

طلسمی چادر اور گرگٹ

اندھیرے اور روشنی کے درمیان گرگٹ آ گیا تھا۔ میں صرف اتنا جانتا تھا کہ گرگٹ رنگ بدلتا ہے۔ لیکن کیسے؟ اس وقت میرے چہار اطراف گرگٹ تھے اور میں انہیں رنگ تبدیل کرتے ہوئے دیکھ سکتا تھا۔ میں نے سنا تھا،گرگٹ اپنا رنگ جلد کے اندر مخصوص خلیوں میں رنگوں کے کرسٹلز کی ترتیب کو اوپر نیچے کر کے بدلتا ہے۔ سائنسدانوں نے گرگٹ کی جلد میں موجود ان خلیوں کو 'آئینے' سے تشبیہ دی ہے۔ تو گرگٹ بھی آئینہ رکھتا ہے اور ہمارے پاس سے آئینہ ہی گم ہوگیا۔ آئینہ گم ہوا تو ہم اپنی شکلوں کو بھول گئے۔ میں نے یہ بھی پڑھا تھا کہ گرگٹ دو طریقوں سے رنگ پیدا کرتا ہے۔ ایک تو اس کے جسم میں ایسے خلیے ہوتے ہیں جن میں گہرے یا گرم رنگ بھرے ہوئے ہوتے ہیں جب کہ چمک دار نیلے اور سفید رنگ اس کی جلد کے اس پرت سے نکلتے ہیں جہاں سے رنگ منعکس ہوتے ہیں۔ ان دونوں اقسام کے رنگ آپس میں مل بھی جاتے ہیں۔ اور رنگوں کے کھیل سے نئے، کبھی کبھی زعفرانی رنگ بھی سامنے آ جاتے ہیں۔ اور جب ایسا ہوتا ہے،گرگٹ نیند میں نہیں ہوتا،مگر ہم نیند میں ہوتے ہیں۔ گہری نیند میں۔

شاید میں بھی اس وقت نیند میں تھا اور ایک خواب کی پر پھیلاتی دنیا میرے ارد گرد لہرا رہی تھی۔ سکوت میں ڈوبا ایک منجمد سمندر تھا۔ جس کے اطراف اندھیرا تھا اور اس اندھیر نگری کے نہاں خانوں میں گہرے کہرے کی چادر تہہ در تہہ سفید بادلوں کی طرح چھائی ہوئی تھی۔ کشتیاں ساحلی سطح پہ لنگر انداز تھیں۔ کوئی ماہی گیر نہیں تھا اور نہ ہی کوئی ملاح۔ میں سنگریزوں پر چل رہا تھا۔ چلنے کے تسلسل سے میرے پاؤں کے چھالے میں سرخ گھاس اگ آئے تھے۔ میں دھندلے آسمان کو دیکھ رہا تھا۔ میری نگاہوں میں ہزاروں خواب اب بھی زندہ تھے۔ مگر نیند سے بوجھل آنکھ زندہ خوابوں کو بھی دفن کر دینا چاہتی تھی۔ میں تھک کر کسی مٹی کے ملبے کے نزدیک بیٹھ گیا اور کچی مٹی کے کچھ گولے کو مسل کر اپنی ہتھیلی میں رکھ لیا۔ اور سگریٹ کے دو چار

55

کش لے کر کچھ سوچنے لگا۔ مجھے نہیں یاد کہ میں کیا سوچ رہا تھا۔ اسی دوران کسی نے مجھے ایک زور کا دھکا دیا۔

''آہ۔''

میری چیخ نکل گئی۔ میں ایک مضبوط چٹان سے ٹکرایا اور میرا بھاری بھر کم جسم سرد اور ننگی زمین پر پسر گیا۔ اس درمیان ٹھنڈ اور اندھیرا بڑھ گیا تھا۔ اور کہرے پہلے سے زیادہ گھنے ہو گئے تھے۔ مجھے احساس تھا کہ میں ابھی بھی سرد مٹی پر پر چاروں شانے چت ہوں۔ مگر میرے اوپر ایک چٹان تھا جو کافی گرم تھا اور مجھ پر ایسے چھا گیا تھا جیسے ٹھنڈ میں سورج کی دھوپ ہم پر چھا جاتی ہے۔ مجھے اپنے پہلو بڑھتی حرارت کا شدت سے احساس ہوا اور وہ ایک اذیت میں تبدیل ہو گیا۔

''یہ حرارت کیسی؟''

موسم وخلا کے ساتھ اس میں بھی خاموشی تھی، چٹان میں کوئی آواز نہ پیدا ہوئی۔

دھند میں میری نگاہ جس حد تک اسے دیکھ سکتی تھی، میں نے اسے دیکھنے کی کوشش کی۔ غور سے دیکھا تو وہ چٹان نہیں تھا۔ یہ اسی آتش فشاں کا ایک ٹکڑا تھا جس کے اندر میں نے بہت پہلے پھول اگانا چاہا تھا۔ لیکن اب اس کی ہیئت تبدیل ہو چکی تھی۔ آدمی کو انسان تک پہنچنے میں بہت وقت لگا ہے۔ مگر اس لڑکی کو چٹان تک پہنچنے میں کوئی زیادہ وقت نہیں لگا ہوگا۔ یہی کچھ پانچ چھ برس، اور پانچ چھ برس کی مدت تو پانچ چھ دن سے بھی کم کی مدت ہوتی ہے۔ مجھے یاد ہے جب اس کی ساخت اور خدوخال بالکل انسانوں جیسے تھے، اس کے ہونٹ نہایت پرشوق ہوا کرتے تھے۔ اس نے لبوں پر آتش سرخی لگانے کے رواج کو اپنی محبت کی دنیا سے ختم کیا ہوا تھا۔ پھر بھی جب کبھی مجبوراً اسے خود کو سنوارنے کے لیے ہونٹوں پر کچھ لگانا ہوتا تو وہ میرے منہ میں پان بنا کر ڈالتی اور جب میرا لعاب ایک سرخ سیال میں تبدیل ہو جاتا تو وہ میرے منہ اور ہونٹ کے اندر سے اس کو اپنے ہونٹ کے لیے اپنے منہ کے اندر اس طرح جذب کرتی جیسے شہد کی مکھیاں پھولوں کے رس کو اپنے اندر جذب کرتی ہیں۔ اس وقت اس کے ہونٹ پر پان کے عرق کی مسکراہٹ کا رقص ہوتا تھا اور وہ آتش سرخی کی چمکتی ہوئی تیزابیت سے بھی زیادہ پرکشش دکھائی پڑتا تھا۔ مگر آج وہ مجھ پر ایک گرم لاش بن کر جھکی ہوئی تھی۔ اس کی گردن پہ ایک گہرے زخم کا تازہ نشان تھا، جہاں سے خون ٹپک رہا تھا۔ اور اس کا جسم جیسے آتش فشاں میں نہایا ہوا تھا۔ میں بہت گھبرایا۔ موہوب اور بہت بدصورت چہرے کے بیچ اس کے نرم ونازک ہونٹ سے کچھ چبھنے والے سوال برآمد ہوئے۔

''کیا سماج میں میرا کوئی وجود ہے؟ کیا یہ سچ ہے کہ میں پیدا ہوئی تھی؟ نہیں ایسا بھی تو ہو سکتا ہے کہ دیوتاؤں نے گوشت اور خون کے لوتھڑوں سے بنے اس وجود کو محض بچہ جننے والی ایک مشین کے کہیں سے

دریافت کرلیا تھا؟''

''پتانہیں۔مگر تمہارے بغیر میری کائنات کا کوئی وجود نہیں۔ میں آج بھی تم سے بے پناہ محبت کرتا ہوں۔''

''محبت اور تم___'' وہ ہنسی۔

وہ سکوت میں بھیگے درختوں کو دیکھنے لگی۔ پورا جنگل اداسیوں میں ڈوبا ہوا تھا۔ درند، پرند، چرند اور مردہ انسان تک نہیں تھا اور نہ ہی ان کی کوئی آہٹ تھی۔ دور دور تک خالی پن اور سناٹے کا عالم تھا۔ بہت دور ایک سوکھی شاخ پر چڑا اور چڑیا جاڑے سے ٹھٹھر رہے تھے۔ اس نے اپنی حسرت زدہ نگاہوں سے اس کی طرف دیکھا۔ میں اس کی آنکھوں کو پڑھ سکتا تھا۔ اس کے چہرے پر افسردگی کی ایک گہری پرچھائی تھی۔

''ماضی میں بھی میں ایک باندی تھی۔ آج بھی میں اسی ماضی کی کوکھ میں ہوں۔ دیکھو، یہاں میری آنکھوں میں، کچھ دکھائی دے رہا ہے؟''

''ہاں ایک ستائی ہوئی لڑکی۔''

''نہ مجھے لڑکی نہ کہو۔''

''مگر کیوں؟''

''میں لڑکی نہیں، مجھے لڑکی بننے ہی نہ دیا گیا۔''

''ہاں۔ ماں، باپ، بھائی، بہن اور خاص کر تم میرے گنہگار ہو۔''

''مگر کیوں؟''

''کیوں کہ تم سب نے مجھے اس کے حوالے کر دیا جو انسان تھا اور نہ ہی آدمی۔''

''کیا کہا؟ انسان نہیں، آدمی نہیں، تو پھر کیا تھا؟''

''وہ ایک گرگٹ تھا اور میں اس کی دیوار۔''

''وہ گرگٹ ہو سکتا ہے مگر تم دیوار نہیں، تم شہزادی ہو۔''

''شہزادی ہونا؟ کیا میرا عام جسم اور میرا یہ عام چہرہ تمہیں پسند نہیں؟''

''بہت پسند ہے اسی لیے تو شہزادی کہا۔''

''نہیں میرا ''میں'' ہونا میرے اندر رہے، اسے کسی شہزادی کے اندر نہ ڈھونڈو۔''

اس نے پھر اپنی نگاہ اٹھائی اور کہا

''دیکھو اس شاخ پر، ہاں وہیں جہاں چڑا اور چڑیا ہیں۔ اتنے حبس میں بھی وہ گھٹن سے بہت آزاد

ہیں۔ اور وہ خوش ہیں کہ وہ دونوں ساتھ ہیں۔" اس کی آنکھوں میں آنسو تھے۔

"مگر ہمارا سماج چڑے اور چڑیوں کا آشیانہ نہیں ہیں۔"

"ہاں کیوں کہ تمہارے یہاں گرگٹ ہے۔ رنگ بدلنے والا گرگٹ، جس کے نیچے بھی رنگ اور اوپر بھی، دائیں بھی اور بائیں بھی۔ اور ہر ایک رینگنے کے لیے مجھ جیسی دیوار کا محتاج ہے۔"

اس دنیا میں کچھ نیندیں ہوتی ہیں۔ کہ ہم نیند میں ہوتے ہیں اور ہم جاگ رہے ہوتے ہیں۔ مگر میں اب نیند سے باہر ہو گیا ہوں۔ مؤذن اذان دے رہا ہے۔ مرغ اپنی بانگ سے صبح پر نور کے روشن ہونے کی نوید سنا رہا ہے۔ اس وقت کچھ ایسے گرگٹ بھی ہیں جو مرغ کی پنکھ لگا کر جائے نماز پر آ گئے ہیں۔ مسجد کے اندر ایرانی قالین بچھے ہوئے ہیں۔ میں دیکھ سکتا ہوں کہ اس پر بھی بہت سارے گرگٹ رینگ رہے ہیں۔ ان میں کچھ تو وہ ہیں جو عورتوں پر اپنا حقوق جتا رہے ہیں۔ کچھ وہ ہیں جو عورت کو ابلیس کی رسی کہہ کر اس سے دور بھاگ جانا چاہ رہے ہیں۔ کچھ وہ ہیں جو اسے گھر کی عزت کہہ کر ایک اندھیری دنیا میں قید کر دینا چاہ رہے ہیں۔ اور کچھ وہ بھی ہیں جنہیں آج بھی عورت کے وجود میں باندی ہی نظر آتی ہے۔ ایک بڑی بھیڑ ہے اور بھیڑ میں ہر گرگٹ مجھے ایک جیسے دکھائی دے رہے ہیں۔

مسجد سے آیا تو میں نے اسے فون کیا۔

"کیسی ہو؟ خواب دیکھا تھا۔"

"اچھی نہیں ہوں، تمہارا خواب سچ ہے۔" اس کا لہجہ بہت کمزور تھا۔

"سنو، تم بھی تو گرگٹ بن سکتی ہو؟ بن جاؤ، خوب رنگ تبدیل کرنا۔ دن اور رات میں سات بار۔ اور پھر میں تمہیں ست رنگی گرگٹ کا نام دوں گا۔"

"میرے پیارے، رنگ بدلنے کا وردان خدا نے صرف تمہاری صنف کو دیا ہے، میں گرگٹ بن بھی جاؤں تو رنگ نہیں بدل سکوں گی۔ کیوں کہ میرے اندر رنگ بدلنے کی قوت کبھی پیدا نہیں ہوگی۔"

یہ سن کر میں نے فون کی سرخی پر اپنی انگلی رکھ دی۔ مجھے یوں لگا کہ میں پھر سے نیند میں آ گیا ہوں اور جاگ رہا ہوں۔ ایک آگ کی زمین ہے اور اس پر رینگ رہا ہوں۔ رنگ برنگ آئینے ہیں اور ان آئینوں کے درمیاں میں خود کو رنگ بدلتے ہوئے دیکھ سکتا ہوں۔

+++

برف میں سانپ

مجھے احساس تھا کہ برف گر رہی ہے۔ میرا وجود شل ہے۔ پاوں نے چلنا بند کر دیا ہے۔ دھند کی ایک چادر ہے اور مجھے دور تک کچھ بھی دکھائی نہیں دے رہا ہے۔ یہ میرا واہمہ ہو سکتا ہے کہ وہ چلتی ہوئی میرے قریب آئی اور اس نے پوچھا۔

''تم خدا کے وجود پر یقین رکھتے ہو؟''

''ہاں۔''

''سیاہ و سپید میں تمہیں زیادہ کون پسند ہے؟''

''پتا نہیں۔''

اس نے پھر پوچھا ''کیا خدا ہے؟ کیا خدا ہماری بھیڑوں کی رکھوالی کرتا ہے؟''

''ہاں۔'' وہ ہنسی۔

کچھ ریشمی کھالیں ہیں دھند میں۔ بھیڑ غائب۔ ایک دن سب غائب ہو جاتے ہیں۔

یہ سنیتا تھی۔ اب میں دھند کی چادروں کے پار دیکھ سکتا تھا۔ لیکن سنیتا کا سوال کہ کیا خدا ہماری بھیڑوں کی رکھوالی کرتا ہے؟ میرے پاس اس کا کوئی جواب نہیں تھا۔ کیا ہم بارود پر چل سکتے ہیں؟ تیزاب سے غسل کر سکتے ہیں؟ کیا سڑکیں ڈائنا مائٹ سے اڑنے والی ہیں؟

مجھے سنیتا کا چہرہ یاد آ رہا تھا۔ گول چہرہ، گلاب کی پنکھڑیوں کی مانند اس کے ہونٹ۔ اس دن بھی ایسا احساس ہوا جیسے وہ خوابوں کا سمندر پار کر کے آ رہی ہو۔

''تم نے زندگی دیکھی ہے؟''

''نہیں۔''

''ہاں، تم اس طرح زندگی کو دیکھ بھی نہیں سکتے۔ زندگی گرم ریت ہے اور یہاں کچھوے رہتے ہیں۔''

''کیا تم سیاست کی بات کر رہی ہو؟''

''نہیں۔'' وہ ہنسی۔

''کچھ مرد تمہاری طرح ذلیل ہوتے ہیں۔ آگے نہیں بڑھتے، اس لیے راستے میں سانپ آجاتے ہیں۔''

سورج ڈوب چکا تھا اور مجھے احساس تھا کہ آوازیں برف کی سیلوں کے درمیان کھو گئی ہیں۔ اس درمیان ٹھنڈ میں اضافہ ہو گیا تھا۔ میں دھند کی چادر میں اب بھی کچھوؤں کو دیکھ رہا تھا۔ پھر میں نے دیکھا، وہ خاموشی سے چلتی ہوئی آئی اور اس نے ایک کچھوے کو ہاتھ میں لے لیا۔ وہ آہستہ آہستہ کچھوے کی پشت سہلا رہی تھی۔ وہ ایک بار پھر سے ہنسی اور کہا

''میرے گھر آجاؤ۔ میں تمہیں کسی سے ملاتی ہوں۔ اور ہاں، وہاں تمہیں سانپ بھی مل سکتے ہیں۔''

ناگیشور۔ میں پہلی بار اس سے ملا تھا۔ سنیتا کے گھر۔ میں سیاست سے ضرور ناآشنا تھا لیکن ان سیاست دانوں سے نہیں جنہوں نے اپنے سیاسی مفادات حاصل کرنے کے لئے سرد لاشوں کے انبار پاٹ دیے ہیں۔ وہ ناگیشور تھا اور میں نے اسے سیاست کے منچ پر جھومتے ہوئے سینکڑوں بار دیکھا تھا۔ اور مجھے یقین نہیں تھا کہ یہ شخص سنیتا کا بھائی ہو سکتا ہے۔ ایک رحم دل عورت اس کی ماں ہو سکتی ہے۔ مجھے دیکھ کر ناگیشور زور سے ہنسا۔

''کیوں آئے ہو؟''

سنیتا کے ہونٹوں پر تلخی تھی۔ ''میں نے بلایا ہے۔''

''کیوں؟''

''گھر کی فضاء میں زہر بھر گیا ہے۔'' سنیتا اس وقت بھی ہنسی تھی۔

''گھر کیوں؟ اسے تو قبرستان میں ہونا تھا۔'' ناگیشور ہنسا۔

ناگیشور کو کسی کام سے جانا تھا اور وہ چلا گیا۔ مگر مجھے سوالوں کے درمیان چھوڑ گیا۔

مجھے احساس تھا کہ برف گر رہی ہے۔ میرا وجود شل ہے۔ پاؤں نے چلنا بند کر دیا ہے۔ میں ان مناظر کے درمیان ہوں جہاں گدھ میرے سامنے کھڑے ہیں۔ میں سنیتا اور اس کی ماں کی طرف دیکھتا

ہوں۔سنیتا کی ماں کی آنکھوں میں آنسو ہیں۔میں سنیتا کی طرف دیکھتا ہوں،اس کا چہرہ زرد ہے۔

''تم نے دیکھا ناں؟''

''ہاں''

''کچھوے__'' وہ کہتی کہتی رک گئی۔''اب ہمارے گھر ہمارے اپنے نہیں رہے۔''

''ہاں۔''

''گھر تحفظ کی جگہ نہیں۔''

سنیتا کی ماں کہتی ہے۔کیا کبھی سوچا تھا،نیلا آسمان سیاہ ہو جائے گا۔

سنیتا ہنستی ہے۔''آسمان سیاہ اور اس کی وجہ تم، کیوں؟ حیرانی ہے ناں؟ اور ان کے پیچھے کون ہے؟''

''ناگیشور۔ناگیشور جیسے لوگ۔یہ بھائی،باپ،مختلف شکلوں میں گھر کا حصہ ہیں۔''

اس دن میں گھر آ گیا۔میرے کمرے میں سانپ تھا۔مجھے سانپ کو بھگانے میں کافی مشقت کا سامنا کرنا پڑا۔میں چھت پر آیا تو یہاں بھی میں نے ایک بل کھاتے ہوئے سانپ کو دیکھا۔مجھے یقین تھا،سنیتا ٹھیک کہتی ہے۔فضاء بدل گئی ہے۔ہر رنگ سیاہ اور آسمان بھی۔بادلوں کے درمیان خوف زدہ کرنے والی شکلیں بنتی ہیں پھر دھند کی ایک سیاہ لہر ان شکلوں پر حاوی ہو جاتی ہے۔

سنیتا کا فیصلہ آ گیا۔''ہم نہیں مل سکتے۔''

''مگر کیوں۔''میں سناٹے کی صلیبوں پر جھول رہا تھا

''وقت سیاہ ہو چکا ہے۔''

''ہاں۔''

''اور سانپ گھر میں آ گئے ہیں۔''

اس کے چہرے پر وحشت کا سایہ تھا۔

''کیا تم خدا کو مانتے ہو؟''

سنیتا نے پلٹ کر پوچھا۔

''ہاں۔''

یہ سوال تم پہلے بھی کر چکی ہو۔

''میں اندھیرے میں قید اپنی تنہائیوں کے ساتھ راتیں بسر کرنا چاہتی ہوں۔جہاں سانپ نہ

ہوں۔''
میں اسے جاتے ہوئے اس وقت تک دیکھتا رہا، جب تک وہ نگاہوں سے اوجھل نہیں ہوگئی۔ مجھے احساس تھا کہ برف گر رہی ہے۔ میرا وجود شل ہے۔ پاوں نے چلنا بند کر دیا ہے۔

÷÷÷

ادھورا آدمی اور ایک منکوحہ طوائف

گلیشیئر ٹوٹ رہے تھے۔ میں حبس کی ایک نادیدہ خلاء میں داخل ہو رہا تھا۔ اور جس وقت ساحل پر خس وخاشاک میں لپٹیں تند ہوائیں سیاہ آندھی میں تبدیل ہوئیں، سمندر میں لمحہ موجود کی بپھری ہوئی موجوں سے ایک غیر آہنی قلعہ تعمیر ہو چکا تھا اور اس کی کچھ سفید دیواریں بھربھرا کر تیزی سے گرتی جارہی تھیں۔ آبی سطح پر دور دور تک پھیلی ہوئی پانیوں کی ایک چمکتی چادر تھی اور اس نے قلعے اور اس کے در و دیوار کو ڈھانپنا شروع کر دیا تھا۔ اس پر حاوی دھند کے بہت سارے غبارے تھے، اور کچھ ماہی گیر کشتی سمیت اپنا راستہ بھول چکے تھے۔

وہ ایک ناگہانی آفت تھی جس نے میرے سوا اور بھی کئی زندہ انسانوں کو خلاء میں گم کر دیا تھا۔ اس سے بھی زیادہ عجیب یہ تھا کہ مجھے کافکا کے گریگر سے بہت زیادہ ہمدردی پیدا ہوگئی تھی۔ یہ بھی کوئی نئی بات نہیں تھی کہ سائرہ روز میرے عظیم کارناموں کا معاوضہ میری ماں کی بے نقطیوں سے مستعار لیے کچھ بے سرے لفظوں سے دیا کرتی تھی۔ وہ بچوں کے اسکول میں ٹیچر، اور ایک ویکلی اخبار کی ایڈیٹر بھی تھی۔ حالات کی ستم ظریفی کہ میرے گھر کے داخلی وخارجی اخراجات کے سارے گانٹھ اسی عورت کے پلو سے بندھ کر رہ گئے تھے۔

اس روز میں نے تصور کیا کہ میں اپنے مادر وطن کی خاکستری سڑک پہ ایستادہ، ایک کہر آلود شام میں محض ایک سگریٹ کے لیے لرزیدہ دست و پا، اپنا افسردہ وجود لیے بھٹک رہا ہوں۔ ایک آدمی جو شاید بہت پہلے اسی سڑک پہ ایک اپسی گاڑی کے ذریعے حمالی کیا کرتا تھا، میرے قریب آیا۔

''کیا آپ کے پاس سگریٹ ہے؟''

''نہیں۔ مگر سگریٹ ہی کیوں؟''

''سگریٹ، میری دیوانگی کا حصہ ہے۔ میں اپنے دیوانہ پن کا غلام ہوں۔''

''یہ کیسا دیوانہ پن ہے؟'' میں نے اداس کن نگاہوں سے اس کی طرف دیکھا۔

''یہاں کسی کو کچھ نہیں چاہیے۔ ہم دونوں کو تنہا اپنے حال پہ چھوڑ دو۔'' وہ اپنے موتیوں جیسے سفید دانتوں سے مسکرائی۔

''مگر تم ہو کون؟'' میں نے اس کی طرف دیکھا۔

''جو تم ہو۔''

مجھے احساس ہوا کہ خوشبوؤں کی ایک پری میرے ذہن کے پراسرار وادیوں میں اتر آئی ہے۔ اور لمحۂ موجود میں اس سے سے زیادہ خوف زدہ کر دینے والی بات، میرے لیے اور کوئی نہیں ہوسکتی تھی کہ اس کے بعد وہ بھی غائب ہوگئی۔ میں سڑک سے آگے بڑھا، مجھ پر کچھ توہمات اور مفروضے حاوی ہو گئے۔ آخر وہ کون تھی؟ اسے کون اٹھالے گیا؟ کہیں وہ اپسی گاڑی والا حمال تو اسے؟ نہیں نہیں ایسا نہیں ہوسکتا۔

سڑک پہ جولانی کرتے ہوئے میں نے یہ بھی دیکھا کہ ایک سرخ دیوار پہ خمیدہ گردن ایک کالا بلا، اپنے آگے کو جھکا ہوا ہے، اس کے نوکیلے ناخن دار پنجے میں ایک کبوتری ہے۔ اور قریب ہے کہ وہ اسے بھنبھوڑ کر چٹ کر جائے۔ کبوتری پھڑ پھڑا رہی ہے۔

گلیشیئر اب بھی ٹوٹ رہے تھے اور متواتر حبس کی ایک نادیدہ خلاء میں میرے دخول کا سفر ابھی تھما نہیں تھا۔ دھند کی فضاء اب بھی قائم تھی۔ قلعے کی دیوار کی ہر اینٹ تیزی سے گہرے پانی میں ڈوب رہی تھی اور کچھ غبارے فضاء میں تیر رہے تھے جو دھندلے بادلوں کو چھو کر گزر جاتے تھے۔ اور کچھ کو خنک ہواوں کی لہر نے ننگی زمین پر پٹخ دیا تھا۔ وہ دھند کے اسی غبارے کو پھوڑ کر باہر نکلی۔ اس نے مجھ سے کہا۔

''تم یہاں کیسے؟''

''پتا نہیں۔''

''کہاں رہتے ہو آج کل؟''

''پتا نہیں۔''

''اچھا اب تمہارا مذہب کیا ہے؟''

''اس بارے میں زیادہ تو نہیں جانتا مگر۔''

''مگر کیا؟''

''یہی کہ میرا کوئی مذہب نہیں۔''

''خوشی کہ تم میں کوئی تبدیلی نہیں دیکھ رہی ہوں۔'' وہ مسکرائی۔

''وہ تمہاری محبوبہ، اس کا کوئی اتا پتا؟''

''وہ تو میرے سامنے ہی ہے۔'' میں ہنسا۔

اس نے مجھے بتایا کہ میرا گھر سمندری ساحل کے کنارے واقع ہے۔ اور میں جب چاہوں اس کے پاس آ سکتا ہوں۔ یہی وہ زمانہ تھا جب میں گم ہو چکا تھا۔ اور میری گمشدگی کی خبر کسی اخبار اور میڈیا نے چھاپنے کی زحمت نہیں کی تھی۔ میری بیوی ساریہ جو میرے ساتھ اپنی زندگی کا آخری سورج دیکھنے کی آرزومند تھی، وہ بھی نہیں۔ اپنے آبائی وطن سے دور، میری زندگی کا ہر لمحہ مجھ پر بچھو کے زہریلے ڈنک سے بھی زیادہ اثر انداز ہو رہا تھا۔ کچھ روز بعد وہ مجھے پھر نظر آئی تو میں نے دبے پاؤں اس کا تعاقب کیا۔ وہ کسی خیمے کی طرف جا رہی تھی۔ اس پوری جگہ میں وہ ایک ہی خیمہ تھا۔ اس کے کپڑے کافی حد تک بوسیدہ اور دیمک خوردہ تھے۔ خیمہ کے اوپر خشک بانس کی لچک دار لکڑی سے تراشیدہ ایک سرخ صلیب بنا ہوا تھا۔ سورج افق کے اندھیرے حوض میں نہا رہا تھا۔ اور ماہ تمام کی بیداری نے منجمد سمندر میں سرسراتے سانپ کی طرح آسمان پر رینگنا شروع کر دیا تھا۔ وہ اپنے خیمے میں داخل ہوئی اور ایک لمحے کے لیے ٹھہر گئی اور اس نے پیچھے دیکھا۔

''تم؟ اندر آؤ۔'' اس نے مجھے پہچان لیا۔

''کچھ پوچھ سکتا ہوں؟''

''نہیں۔'' اس کے لہجے میں خفت تھی۔

میں چپ چاپ خیمہ میں داخل ہو گیا۔ اس کا اندرون کافی وحشت ناک تھا۔ مردار ہڈیاں خاک سے لپٹی ہوئیں تھیں، جن میں کچھ سروں کا ڈھانچہ انسانی جسم کا بھی رہا ہوگا۔ بہت پرانے زمانے کی ایک شکستہ مسہری تھی، جس کا نصف بدن اپنے قدموں کی جانب جھک کر زمین سے لگا ہوا تھا۔ اس کے سرہانے کے تختے بہت مضبوط تھے اور بہت دل کش بھی کہ اس پر دھول مٹی کا اور برے موسم کا کوئی اثر تک نہ ہوا تھا۔ مسہری کے اوپر ایک الگنی تھی۔ اس پر کچھ کھالیں خشک اور تر کپڑے کی طرح لٹک رہی تھیں۔ ان میں کچھ کھالیں تو انسانوں کی تھیں اور کچھ جنگلی سوروں کی بھی۔ خیمہ کا فرش کافی غیر ہموار تھا اور نہایت کیچڑ آلود بھی۔ الگنی پر لٹکائی گئیں کھالوں سے ایک سیال مادہ بہہ رہا تھا جس نے اس کیچڑ آلود فرش کو سرخ اور سیاہ رنگ میں تبدیل کر دیا تھا۔ مترشح ہونے والے سیال کے کچھ قطرے تو مٹی میں اس طرح منجمد ہو چکے تھے کہ وہ اپنی پہچان کھو چکے تھے اور کچھ ابھی تک سرخ اور تازہ پیشاب کی طرح اپنی نشیبی لہر میں بہتے جا رہے تھے۔

''تم ایسی جگہ کیسے رہ لیتی ہو؟'' میں نے اس سے برجستہ پوچھا۔

''ساریہ کیسی ہے؟''

''اچھی ہے۔ مگر تم اس جگہ کے بارے میں کچھ تو بتاؤ۔''

''ہاں، کبھی یہ جگہ بہت خوبصورت ہوا کرتی تھی۔ ابا نے خود سے یہاں خیمہ تیار کرایا تھا۔ کچھ روز بعد ان کی آنکھیں ہمیشہ کے لیے بند ہوگئیں۔ میں تنہا ہوگئی۔ ایک پراسرار اجنبی یہاں سے گزرا۔ اس نے مجھے دیکھا۔ اور اس نے مجھے نکاح کی پیش کش کی۔ میں نے اسے قبول کرلیا۔ اس کے بعد جو ہوا وہ بہت بھیانک تھا۔ مجھے اب بھی یاد ہے کہ شب زفاف کا وہ اذیت ناک لمحہ جب میں اس کے نیچے ایک لاش بن کر رہ گئی تھی اور ایک وہ تھا کہ میرے اوپر کسی بھوکے درندے کی طرح ٹوٹ پڑا تھا۔ اس ناگہانی کربناک صورت حال میں جب میں نے تکلیف سے کراہنے کی کوشش کی تو اس نے میرا منہ بند کردیا۔''

اور کہا۔

''تم ایک تہذیب یافتہ گھرانے کی بیوی ہو، یہ آہ اور اف کی تمہاری یہ چیخ مجھے پسند نہیں۔'' اس رات وہ بھڑکا ہوا تھا۔

دوسرے روز جب اس نے مجھے جنسی عمل کی طرف مائل کرنا چاہا تو پہلے پہل میں نے قوس قزح کو غور سے دیکھا۔ سب رنگ بکھر گئے۔ سیاہ بادلوں کا ایک طوفان آیا۔ ہوا، ریلا، درخت، پتے، پتھر، پہاڑ، جانور اور پرندے سب کی شور میں میری آواز اوپر نیچے ہونے لگی۔ میں نے اپنی آواز کو بلند کیا اور کہا۔

''تم نے کبھی رقص کرنے کا فن سیکھا ہے؟ فطرت اور موسم کی نغمگی کو کبھی اپنے اندر محسوس کیا ہے؟''

''نہیں۔'' اس کا جواب تھا۔

''میں تمہیں سکھاؤں گی۔''

''رقص، گیت، فطرت کا اس سے کیا تعلق؟''

''بہت گہرا تعلق ہے، ان سب کے بغیر تمہیں محبت سے آشنائی نہیں ہوسکتی۔''

اس نے پھر مجھے بستر پر لیٹ جانے کو کہا اور اس نے ایک حدیث بھی سنائی کہ ''جب خاوند اپنی بیوی کو آواز دے اور وہ نہ آئے تو خدا اس سے ناراض ہوجاتا ہے اور فرشتے اس پہ لعنت بھیجتے ہیں۔''

مجھے ایک گھٹن سا محسوس ہو رہا تھا۔ جو کل ہوا، ویسا ہی آج ہونا ہے تو خدا کا مجھ سے خفا ہونا اور فرشتوں کا مجھ پہ لعنت بھیجنا میرے لیے زیادہ پسندیدہ ہے اس سے کہ میں پھر سے کسی جنگلی عمل کے دباؤ میں آجاؤں۔ میں نے اس سے پھر کہا۔

''مجھے بتاؤ کہ کیا جب ایک کتا، کتیا کو اپنی طرف مائل کرتا ہے اور وہ اس کی طرف مائل نہیں ہو پاتی تو کیا فرشتے اس پہ بھی لعنت بھیجتے ہیں؟ کیا خدا اس کتیا پہ بھی اپنا غضب نازل کرتا ہے؟''

''کیا؟ تم نے ہمارے خدا کو گالی دیا؟ ان فرشتوں کو، جو تمام انسانوں سے زیادہ معصوم ہیں؟''

''کیا تمہارے فرشتوں کے پاس اندام نہانی ہے؟''

''نہیں''

''تو پھر خدا کے پاس تو ضرور ہوگی؟''

''نعوذ باللہ''

''پھر تو دونوں کو مجھ پہ لعنت ہی پڑھنے دو۔ شاید وہ مجھ سے بھی زیادہ قابل رحم حالت میں ہوں گے۔ اسی لیے تو وہ میرے درد کو محسوس نہیں کر پائے۔ کل رات جو تم نے کیا، وہ ریپ سے بھی زیادہ بدصورت تھا۔ میں ایک کمرے میں بند تھی۔ اور تم نے مجھ سے چیخنے اور چلانے تک کی آزادی چھین لی۔ ہاتھ پاؤں تک ہلانے نہ دیا۔ نکاح، مہذب بیوی اور اخلاقی اقدار کا ہر وہ پہلو جس کا تم وعدہ کرتے ہو، شراب کی بوتل پر چسپاں محض ایک مہنگا برانڈ ہے۔ اندر تو ایک بھیانک جن چھپا ہوا ہے۔ اور وہ مختلف شکلوں میں برآمد ہوتا ہے اور مختلف طریقوں سے ہمارا ریپ کرتا ہے۔ یہ نکاح نہیں۔ ایک مہذب ریپ ہے۔ جو غیر مہذب ریپ سے بھی زیادہ گھناؤنا ہے۔''

یہ سن کر وہ آگ بگولہ ہوا اور اس کی زبان سے سوائے کچھ گھٹیا لفظوں اور تین بار ''طلاق'' کے کچھ نہ نکلا۔ اس روز سے میں بھی گم ہوگئی ہوں۔

لڑکی کے ہاتھ میں ایک آب دار خنجر تھا۔ اس نے مجھ سے پھر کہا۔

''میں یہیں مر جاؤں گی مگر میری خواہش مجھے اپنی لحد میں چین سے محو خواب نہ ہونے دے گی۔''

''کیسی خواہش؟''

''بس گالیاں دینا چاہتی ہوں''

''کسے؟''

''اسی زندہ جنگلی سور کو۔''

''مگر کیسی گالیاں؟''

''ایسی ایسی گالیاں جن کی ہر گونج اس کے آلۂ تناسل کی نالیوں تک میں محسوس ہو۔''

اس نے مجھ سے اپنی نگاہیں پھیر لی۔ وہ بہت دیر تک اپنی اداس کن نگاہوں سے منہدم قلعہ کو دیکھتی رہی۔ اور وہ آہستہ آہستہ کچھ بڑبڑا رہی تھی۔ اس درمیان خلا میں حبس کا مزید اضافہ ہوگیا تھا اور میں بھی اس میں کہیں گم ہوگیا تھا۔

+++

آتش کدہ کا مقدس سور

لمبی رانوں سے اوپر
ابھرے پستانوں سے اوپر
پیچیدہ کوکھ سے اوپر
اقلیما کا سر بھی ہے
اللہ کبھی اقلیما سے بھی کلام کرے
اور کچھ پوچھے

۔ فہمیدہ ریاض

شام کی نم آلود سیاہی میں پورا شہر آتش کدہ میں تبدیل ہو چکا تھا۔ اور یہ کوئی خواب نہیں تھا کہ پل پر جلتی ہوئی چتائیں، آگ کی زد میں آ کر اپنا مادی وجود کھو چکیں تھیں۔ آسمان سیاہ مشروم میں چھپ رہا تھا۔ رنگ برنگ دھوؤں کی آمیزش سے کچھ آتماؤں کی شکلیں بنتیں تھیں تو ایک تیسری شکل بھی فضاء میں تیرنے لگتی تھی اور ایک لمبی تھوتھنی اور چھوٹے منہ کا بڑا کتا ان سب پہ حاوی ہو جاتا تھا۔ سبز درختوں کے پتے خشک ہو رہے تھے۔ جانوروں کے جسم پر بیگنی چکتے آ گئے تھے اور یہ وہی وقت تھا کہ مئی کے آخری دو روز پہلے کی رات زمین خرق عادت اپنے منہ سے گرم بھاپ چھوڑنے لگی تھی۔ زمین کی کالی کھیتی پر ملگجی شام کے ابر آلود بادلوں نے تیزاب برسائے تھے۔ اور کچھ آگ کے گولے بھی۔ برقی بجلیوں کے فانوس ایک دم سے بجھ چکے تھے اور اسی وقت میں نے اسے دیکھا کہ وہ اسٹیج پر کھڑا ہے۔ اس کے ہاتھ میں ایک پرچہ ہے۔ وہ ایک آواز نکالتا ہے اور پھر جھولنے لگ جاتا ہے۔ اس کی آواز صاف نہیں تھی۔ اس میں کچھ عجیب سی گھگھیاہٹ تھی۔ بہت زیادہ عجیب،

جتنی کووں کی کائیں کائیں میں بھی نہیں ہوتی۔ اور قریب تھا کہ اس آواز کی وجہ سے اس کے حلق کے تینوں شہ رگ پھٹ کر باہر کو آجاتے۔ مگر افسوس ایسا ہوا نہیں۔ وہ ایک مقدس خنزیر تھا جو اسٹیج پر جھول جھول کر مقدس کتاب پڑھ رہا تھا۔ ایک گدھ آیا۔ اس کے کندھے پر گرا۔ اور مر گیا۔ یہ دیکھ کر وہ مسکرایا۔

اس وقت بھی وہاں کوئی تھی جو محبت کا تصور کر رہی تھی۔

''محبت؟''

''ہاں محبت___''

جب وہ سات برس کی تھی تو بوڑھا اسے ہر شام یہاں لے کر آتا تھا۔ وہ اس سے پوچھتی کہ

''آپ کی محبت کہاں ہیں؟''

''ہے نا میری محبت میری گڑیا، میری''

دکھ کے آنسو کا ایک ریلا اس کے گال کے گڈھے تک آتا اور آنکھوں کی سیاہی میں ایک بوڑھی کا جنازہ دھیرے دھیرے اترنے لگتا۔ بوڑھا اپنے سینے سے اسے بھینچ لیتا۔ اور لفظ اپنا اظہار کھو دیتا۔ ٹوٹتے اور بکھرتے ملفوظ اور غیر ملفوظ آواز کی چھریاں تیز ہو جاتیں۔

''تم ہو نا___''

''کیا میں؟ میں کیا ہوں؟''

''میری محبت___''

بوڑھا آسمان کی طرف اشارہ کرتا اور پھر دور تک رقصاں ستاروں کی جگمگاہٹ میں وہ اپنی مری ہوئی بیوی کو تلاش کرنے لگتا۔ اس پر وجد کی ایک غیر واضح کیفیت طاری ہو جاتی۔ وہ آتش احساس کی لہروں میں اترتا چلا جاتا۔ پھر وہ اپنی بیٹی کو ایک چینی ملکہ کا قصہ سناتا جس نے بادشاہ سے اپنی خوب روئی پر نظم تخلیق کرنے کی فرمائش کی تھی۔ بادشاہ کوئی شاعر نہیں تھا۔ اس نے کسی شاعر کو مدعو کیا اور اس نے کچھ سطریں یوں لکھیں۔

سیہ بادلوں نے
ان کی زلفوں کو سراہا
کلیوں نے
ان کی مسکان کے تقدس کو بیان کیا
اور فضاؤں نے

ان کی پوشاک پر گیت گائے

ملکہ کی پوشاک سرخ وسبز مائل تھی۔ اس پر اسی نظم کے سفید نقوش بنائے گئے تھے۔ وہ رتھ پر سوار ہوتی اور بادلوں میں چھپ جاتی۔ اور اپنے لباس کے اس حصے کو جوتن چھپانے کے عمل سے زائد تھے، لہراتی تو گلیوں اور بازاروں اور سڑکوں اور محلوں میں چلتی پھرتی زندہ آنکھیں ٹھہر جاتیں تھیں۔ اور یوں لگتا تھا کہ کشش ثقل زمین سے اٹھ کر ملکہ کے سنہرے وجود میں چلا گیا ہے۔ لیکن دوسرے ہی لمحے اس میں سیاست آ جاتی۔ بادشاہ قاتل بن جاتا اور ملکہ ایک سرد لاش۔ ایک ایسی لاش جس کے اندر خواہشوں کی کوئی چنگاری تھی اور نہ ہی کوئی تمناؤں کا قطرہ۔ بس ماضی کا ایک تباہ کن قصہ، ایک دلسوز اور بے جان جسم، جس پر بادلوں کا سایہ بھی نہیں، یا صرف کتابوں پر لگا ایک سیاہ دھبہ، جسے کچھ لوگوں کی زبان میں ایک پاکیزہ روح کا نام۔ بوڑھا ملکہ کے اندر اپنی بیوی کو دیکھنے لگتا اور پھر وہ اسے یوں پکارتا۔

''اے وہ کہ جو اپنے کمرے کی بالکنی پر تکیہ لگائے چاندنی راتوں میں چکور کی پھڑ پھڑاہٹ کو سنتی رہتی تھی۔ دیکھ کہ میں آتش احساس کی لہروں سے گزر رہا ہوں۔ اے وہ کہ جو خزاں و بہار میں محبت کی نیند میں بھیگتی رہتی تھی، دیکھ کہ میں خود کو تیز ہواؤں میں بہہ جانے والے خس وخاشاک کی طرح بکھرتے اور بنتے دیکھ رہا ہوں۔ اے وہ کہ جس کی آنکھوں کی سیاہی نے میرے وجود کی روشنیوں کو گھپ ہوتے دیکھ لیا ہے۔ آ دیکھ لے، کہ میں، میں نہیں ہوں۔ دیکھ لے___ کہ میں تم بن چکا ہوں۔''

دور تک بوڑھے کی نگاہوں میں ستارے رقص کر رہے تھے۔ اسے احساس تھا کہ سورج اور چاند ایک ساتھ ایک ہی جگہ سے طلوع ہو کر ٹھہر گئے ہیں۔ آسمان کی سیاہ پلیٹ پر ہزاروں ستاروں کی قطاریں بنتی جارہی ہیں، لیکن اس کی محبوبہ کہیں نہیں۔ وہ پھر اس کی جستجو میں دیوانہ وار گھومنے لگتا۔

''اے محبت، میں نے تیز ہواؤں کے جھونکے اور خلاؤں میں تیرے بدن کی مہک کو سونگھنے کی کوشش کی۔ سیاروں کی جھرمٹ میں بھی تیری کھوج کی۔ چاند کی چاندنی اور سورج کی تیز روشنی میں بھی تجھے ہی دیکھنا چاہا۔ مگر اے محبت تو یہاں کہیں نہیں۔''

''میں یہاں ہوں۔'' لڑکی بوڑھے کے کمر کو اپنے بازو میں لپیٹ لیتی۔

''اچھا، تم یہاں ہو، ہاں تم بھی ہو___''

''کیا بابا؟''

''میری محبت___''

لمحہ مستقبل کی بپھری ہوئی موجوں میں بوڑھا بیٹی کو جوان ہوتے دیکھ رہا تھا۔ وہ بڑی ہو رہی تھی اور

وقت نے بوڑھے کے ہاتھ میں بیساکھی تھمادی تھی۔ وہ رات سوئی تو پھر سے اسے وہی خواب آنا شروع ہو گئے تھے۔ سبز درختوں کے پتے سوکھ رہے تھے۔ پرندے مر کر گرتے جا رہے تھے اور جانوروں کے جسم پر بیگنی چکتے آ گئے تھے___اور یہ کوئی خواب نہیں ہے۔

''یہ خواب ہی ہے نا؟'' اس نے اپنے بابا کو جگایا

''نہیں، خواب تو ہرگز نہیں۔''

''تو پھر کیا ہے؟''

''یہ سب تمہارے خوف کا اندھیرا ہے، وہم ہے، تمہاری کمزوری ہے۔''

اس وقت وہ سو گئی تھی، اور اسے اب کچھ بھی یاد نہیں رہا تھا۔ وہ بابا کو چھوڑ کر ایک روز گھر سے باہر نکل آئی۔ شام کا وقت تھا اور وہ ہائیوے پر خود کو تنہا محسوس کر رہی تھی۔ گاڑیوں کی رش بہت زیادہ تھی۔ اسی درمیان ایک گاڑی کی تیز روشنی نے اس کی آنکھوں کو چندھیا دیا اور ایک آدمی اس کی طرف بڑھنے لگا۔ وہ آدمی ہی تھا، اس کا چہرہ بھی آدمی ہی جیسا تھا۔ مگر اس کے بدن کی اوپری پرت ہر جگہ سے پھٹی ہوئی تھی، جو کہ ہم انسانوں سے کافی حد تک الگ تھی اور بہت بھیانک بھی۔ اس کے ہاتھ میں ایک پرچہ تھا۔ وہ جھول جھول کر اسے پڑھ رہا تھا۔ اس کی آواز صاف نہیں تھی۔ نسبتاً اسٹیج والے اس مقدس خنزیر کے اس آدمی کی آواز کچھ زیادہ ہی گھگیاہٹ سے متاثر تھی، جیسے کوئی گھڑے میں ایک بڑا پتھر رکھ کر اسے ہلا رہا ہو۔ اس نے اپنے بازو کو آسمان کی جانب اٹھایا۔ اور اسی ناقہم آواز میں خدا کی تقدیس بیان کی۔ ایک گدھ آیا، اس پر گرا اور پھڑ پھڑا کر مر گیا۔ وہ مسکرایا۔ اس نے اپنے کپڑے ہوا میں چھوڑ دیے۔ اور وہ لڑکی کی طرف بڑھنے لگا۔ اس کا سیاہ بدن جو سانپ کی کینچلی میں چھپا ہوا تھا، لڑکی تک آتے آتے ایک لمبی تھوتھنی اور چھوٹا منہ رکھنے والے بڑے کتے میں تبدیل ہو گیا۔ لڑکی نے محسوس کیا کہ اب اسے یہاں سے بھاگنا چاہیے۔ اس نے قدم اٹھائے مگر وہ کھڑی نہ ہو سکی۔ اسے احساس تھا کہ وہ زمین دوز ہو چکی ہے۔ اور یہ اسی مقدس خنزیر کی وجہ سے ہے۔ وہ اس کے بالکل قریب آ چکا تھا۔ اس نے لڑکی کو ایک زور کا دھکا دیا۔ وہ کسی درخت کی طرح اکھڑی اور ایک زندہ لاش کی طرح زمین پر پسر گئی۔ وہ محسوس کر سکتی تھی کہ اس کے بدن سے کپڑے ہٹ چکے ہیں اور ایک لمبی تھوتھنی والا کتا اس پر چھا گیا ہے۔ وہ چیخی۔

''کوئی ہے... کوئی ہے؟''

وہ بہت طاقتور تھا۔ اس کی تیز آواز کو سن کر اس نے ایک پتھر اٹھایا اور اس کے سر پہ دے مارا کہ اس کے سر کی ہڈیاں سرمہ بن گئیں اور وہ درد سے پھر چیخنے لگی۔

''کوئی ہے؟ کوئی ہے نجات دہندہ؟''

اس کی چیختی چلاتی آواز اس پر گراں گزری۔ اس نے اسی پتھر سے اس کے پشت پر وار کیا۔ اس کے ریڑھ کی ساری ہڈیاں ٹوٹ گئیں اور یہ وہ وقت تھا جب وہ اس سے فریاد کر رہی تھی۔ بابا کا اپاہج پن اس کے سامنے تھا۔

''میرے ساتھ جو چاہتے ہو کرلو تم چاہو تو میرے جسم کو حیرت کدہ بنالو۔ میرے بدن پر سے سارے گوشت نوچ لو میں کسی کو نہیں بتاؤں گی مگر، مجھے چھوڑ دو میرا قتل نہ کرو۔ مجھے جینے کا حق دے دو۔''

''تم نے خواب نہیں دیکھا؟'' خنزیر کی آواز میں کچھ کچھ انسانی آواز بھی شامل تھی۔

''خواب نہیں وہم، وہم تھا وہ_''

''وہم بھی نہیں، صرف حقیقت، تم نے آگ میں تپتے صحراؤں کے اندر پرندے کو مرتے دیکھا؟''

''ہاں۔''

''اور جانوروں کی چیخیں؟''

''ہاں وہ بھی سنی تھی۔''

''مگر آتماؤں پر حاوی ہوتے خنزیر کو نہیں دیکھا۔'' وہ دیر تک ہنستا رہا۔

اس کی آواز اب پوری طرح سے غیر انسانی ہو چکی تھی۔ اس کے نوکیلے دانت اس کی گردن کے اندر اتر چکے تھے۔ اس سے ایک سرخ سیال اوپر کو اچھل رہا تھا۔ وہ محسوس کر سکتی تھی کہ اس کے سخت اور کھردرے ہاتھ اس کی پستان کو چھو رہے ہیں، آتش کدہ کا ایک گرم لوہا اس کی اندام نہانی میں چبھ گیا ہے۔ وہ ہنسی، پھر روئی اور پھر اس کی چیخ سے منجمد درختوں کا سکوت ٹوٹ گیا اور پرندے اڑنے لگے۔ اور یہ وہی وقت تھا کہ مئی کے آخری دو روز پہلے کی رات زمین خرق عادت اپنے منہ سے گرم بھاپ چھوڑنے لگی تھی۔ زمین کی کالی کھیتی پر ملگجی شام کے ابر آلود بادلوں نے تیزاب برسائے تھے۔ اور کچھ آگ کے گولے بھی۔ برقی بجلیوں کے فانوس ایک دم سے بجھ چکے تھے اور اسی وقت اس نے اسے دیکھا کہ وہ اس کے جسم پر چھایا ہوا ہے۔ اس کے ہاتھ میں ایک پرچہ ہے۔ وہ ایک آواز نکالتا ہے اور پھر جھولنے لگ جاتا ہے۔ مگر اب کی بار اس کی آواز میں گھگھیاہٹ نہیں تھی۔ اس نے کہا۔

''ہاں میں ہی ہوں مقدس معبود کا مقدس خنزیر۔''

''تم مقدس کیسے؟''

''پتا نہیں مگر ہوں۔''

''تم نے کبھی جنت دیکھی ہے؟''

''نہیں۔''

''اتنے دنوں تم نے خود کو کبھی نہیں دیکھا؟ گھبراؤ نہیں، وہ اب تمہارے قدموں میں ہوگی۔''

''کون؟''

''جنت۔''

''وہ کیسے؟''

''جنت ماں کے قدموں میں ہی تو ہوتی ہے اور بہت جلد تم ایک مقدس بچے کی ماں بنو گی۔''

اس نے اس کا کوئی جواب نہیں دیا کہ روح نے اسے اپنے بدن کا قیدی بنالیا تھا۔ وہ ایک خوف زدہ رات کے آتش دان میں خود کو جلتی ہوئی دیکھ سکتی تھی۔ مردہ چاند کا گرم لوہا اس کی اندام نہانی میں چبھ کر سرد پڑ چکا تھا۔ اس کے جسم کی پھڑ پھڑاہٹ بند ہو چکی تھی۔ اس کا پورا وجود تازہ خون اور ایک نادیدہ تیزابیت میں لتھڑ گیا تھا اور وہ احساس اور شعور کے ہر دائرے سے نکل کر کچھ بڑبڑا رہی تھی۔

''ماں؟ کس کی ماں؟ ریپ کی ناقابل برداشت، خنزیر کی اس لطافت کی؟ اپنے حیرت کدہ جسم کی؟

لمبی رانوں سے اوپر

ابھرے پستانوں سے اوپر

پیچیدہ کوکھ سے اوپر

اس کا سر بھی تھا

+++

نا کردہ گناہ کی تجدید

بانسری کی کوئی دھن ایک جیسی نہیں ہوتی ہے۔ یہاں تک کہ اس میں چھپی ہوئی کوئی آہ بھی۔ وہ اپنے نوحہ گر کے لیے خود کو بناتی ہے۔ اور اس کا یہ آرٹ محض ایک دوسری دنیا میں آنے کے لیے ہی نہیں بلکہ اپنی ہستی کو فنا کر دینے کے لیے بھی ہوتا ہے۔ وہ مستقل خود کو ایجاد کرتی ہے۔ نئے سرے سے۔ اور ہر بار اس کی دھن پہلے سے مختلف بن کر جنم لیتی ہے۔ اتنی مختلف کہ اس کا اپنے ماضی سے کوئی ربط نہیں رہ جاتا۔ وہ ہر بار نئے سرے سے خود کشی کرتی ہے۔ اور جب اندھیرا مردہ چاند کی پرچھائی پر حاوی ہو جاتا ہے تو وہ خلا کے سناٹوں میں بھٹکنے لگتی ہے۔

اس وقت اس کے کمرے میں دھیمی روشنی ہو رہی ہے۔ وہ بانسری کی دھن کو بہت قریب سے سن سکتی ہے۔ وہ خود کو رقص کرتے ہوئے بھی دیکھ سکتی ہے۔ بلیوں اور کتوں اور پرندوں سے خود کو بہلاتے ہوئے بھی۔ درختوں سے سرگوشیاں کرتے ہوئے بھی۔ ممکن ہے کہ یہ وہ نہیں ہو بلکہ یہ کوئی اور ہو۔ وہ ابھی ابھی اپنے بستر پہ آئی ہے اور اس نے اپنے جسم کو ڈھیلا چھوڑ دیا ہے۔

اسے احساس ہے کہ اس کے اندر کا درخت جوان ہونے لگا ہے۔ اس کا وجود اندھیروں کی صلیب پر جھول رہا ہے۔ اس کے ننگے جسم کے اندر جگہ جگہ سے اور بھی بہت سارے درخت اگنے لگے ہیں۔ اس کی تصوراتی کہانیاں جو اس کے اپنے وجود کے کٹے ہوئے حصے سے بہتی رہتی تھیں ایک پسینے کے گھنے اندھیرے میں داخل ہو گئی ہیں۔ پسینہ اس کے بدن پر لڑھک رہا ہے۔ پسینے کی وجہ سے اس کے بدن کی مٹی میں ایک اور درخت اگ آیا ہے۔ یہ درخت نہ سبز ہے اور نہ ہی سرخ اور نہ ہی سیاہ۔ بلکہ اس درخت کا کوئی رنگ ہی نہیں ہے۔ دنیا میں رنگ سے خالی کوئی درخت نہیں ہوتا۔ رنگ تو دور دنیا کی کوئی چیز بھی بے رنگ نہیں ہوتی۔ خود دنیا کا وجود بھی بغیر رنگ کے لایعنی محسوس ہوتا ہے۔

مگر میرا یقین کیجیے کہ اس کا وہ درخت بے رنگ ہی تھا۔ اس کے بدن کا ہر وہ حصہ جہاں پسینہ ٹھہرے ہوئے پانی کی طرح رک جاتا تھا بے رنگ ہو گیا تھا۔ اور اس کی آواز بھی۔ بے رنگ آواز، بے رنگ درخت، بے رنگ پسینہ، بے رنگ خودکشی، سب ایک ساتھ اس کے وجود کے اندھیرے میں چیخنے لگی تھی۔ بے معنویت کی اسی چیخ میں اس نے اپنے پاؤں کو بستر میں گاڑ دیا تھا اور خوب زور زور سے قہقہے لگانے لگی تھی۔ اس کی زندگی کی بے معنویت انہی قہقہوں میں منجمد ہو کر رہ گئی تھی۔ بالکل کبھی نہ پگھلنے والی برف کی سلیوں کی طرح۔ اور ایک بامعنی خودکشی اس کا شکار کر رہی تھی بالکل اسی طرح جس طرح خلا میں ناچتی زمین وقت کا شکار کرتی ہے۔

بے رنگ اور خالی پن میں بھی ایک مقناطیسی قوت ہوتی ہے جو آپ کے تجسس کو اپنی طرف کھینچتی ہیں۔ اس نے محسوس کیا کہ درخت اس کے دماغ سے نکل کر اس کے دو زانوں کے نیچے سے اگنے لگا ہے۔ اور اس کی ہر ٹہنی میں خدا دوڑ رہا ہے۔ اس نے سنا تھا یا کسی صحیفے میں پڑھا تھا کہ خدا کی کوئی شکل نہیں ہوتی۔ اس کا کوئی رنگ نہیں ہوتا۔ اس کی کوئی ٹائمنگ نہیں ہوتی۔ وہ ہر شکل اور رنگ اور وقت کی قید سے باہر ہوتا ہے۔ یہاں تک کہ اندھیرے سے بھی۔ اس روز سے اس نے خدا سے نفرت کی تھی یا محبت اسے خود بھی اس کا پتا نہیں تھا۔ مگر اس کے بدن کے نہ دکھائی دینے والے پراسرار اندھیرے میں اگنے والے درخت کے اندر دوڑنے والا خدا بالکل اس کے جیسا تھا۔ اسی کی طرح وقت میں قید۔ بالکل اس کے وجود کا حصہ۔ اس کے ساتھ نہاتا تھا۔ اس کے ساتھ کھانا کھاتا تھا۔ اس کے ساتھ اٹھتا تھا۔ اس کے ساتھ بیٹھتا تھا۔ اور اندھیرا چھاتے ہی وہ درخت کی ٹہنیوں میں چھپ کر پسینے کی طرح دوڑنے لگتا تھا۔

مگر وہ پیدا نہیں ہوا تھا۔ اسے بنایا گیا تھا۔ دنیا اور وقت کے اندر۔ مگر جب وہ دنیا میں آیا تو اس کے درمیان وقت کا ایک بہت بڑا گناہ حائل ہو چکا تھا۔ شاید یہ اس کا واہمہ ہے کہ وہ ابھی بھی اسے دیکھ رہا ہے۔ مگر وہ اسے نہیں جانتی۔ اور نہ ہی اس کے بنانے والے کو۔ اگر کوئی شے اسے ماضی میں لے جاتی اور اس کو اس لمحہ موجودہ میں مستقبل کا علم دے دیتی تو وہ اس آدمی کو کبھی نہیں بننے دیتی۔ وہ بہت پراسرار تھا۔ بہت زیادہ ذلتوں کا مارا ہوا۔ اور ضرورت سے زیادہ لوگوں میں شامل۔ وہ بیچ سڑک پر کبھی سور کی طرح دندناتے ہوئے بھاگ رہا تھا تو کبھی کچھوے کی طرح رینگتا ہوا۔ اس کی کھالوں سے گناہوں کی بدبو آ رہی تھی۔ لوگوں کی نگاہیں اس پر پڑتیں تو وہ اپنا اپنا منہ پھیر لیتے۔ وہ اپنی اپنی گاڑیوں کے شیشے تک بند کرنے میں بھی کوئی دیر نہ لگاتے۔

اس نے اونچائی سے ایک آدمی کو دیکھا۔ وہ بھیڑ سے الگ تھا۔ ننگی سڑک پر بھاگتے سور کی طرح۔ اس کے چہرے پر کوئی نقاب نہیں تھا۔ گاڑیوں کے پہیے سڑک کے ننگے بدن پر دھیرے سے پھسل رہے تھے۔

آدمی ننگا تھا۔ پورا کا پورا ننگا۔ اس کی کمر اور ناف کے نیچے کا پس و پیش دونوں آسمان پر چھائے ہوئے کالے پرندوں کی طرح کھلا ہوا تھا۔ ایک میلی اور کیچڑ میں سنی ہوئی بوسیدہ پتلون سڑی ہوئی لاش کی طرح اس کی رانوں سے چپک کر لٹک رہی تھی۔ وہ بھی اس کے ننگے پن کو دور کرنے سے قاصر۔

اس کی کمر کے نیچے اور اس کے پلپلے گوشت کے بائیں حصے پر ایک گہرا اور تازہ زخم چمک رہا تھا۔ خون کا قطرہ اس سے رستا تھا اور زمین پر پڑتے ہی پانی بن جاتا تھا۔ اور پھر غائب ہو جاتا تھا۔ بالکل اس کے بدن پر لڑھکتے پسینے کی بوند کی طرح۔ زخم اس کی چال کو متاثر کرنے سے قاصر تھا۔ وہاں موجود ہر انسانی آنکھ اسے حقارت سے دیکھ رہی تھی۔ آدمی نے اپنے ایک ہاتھ کو پیچھے کی طرف بڑھایا کہ وہ اپنے گھاؤ کو چھونا چاہتا تھا کہ اس کے پیچھے سے ایک پتھر بہت تیزی سے آیا۔ اور اس کے زخم کو چوٹ دے کر نیچے گر گیا۔ اس کا زخم پتھر کی اس چوٹ کو برداشت نہ کرسکا۔ ایک نیلا کونپل اس کے زخم کے اندر ہی اندر اگنے لگا۔ خون اور بھی تیزی سے بہنے لگا۔ اسے یقین ہو گیا کہ آدمی غلطی سے خدا کی اس دنیا میں آ گیا ہے جو اس کے لیے نہیں بنائی گئی ہے۔ اس نے اپنی رفتار بڑھا دی۔ اور اس نے پیچھے کی طرف پلٹ کر بھی نہیں دیکھا۔

زخم میں اگنے والا کونپل بانس میں تبدیل ہو رہا تھا۔ اس نے وہاں کی جلد کو سخت کیا کہ وہ اس وقت اس کونپل کو ابھرنے نہیں دینا چاہتا تھا۔ اسے پتا تھا کہ اگر وہ جسم کو ڈھیلا چھوڑ دے گا تو ننھا کونپل بانس میں تبدیل ہو جائے گا۔ اور تھوڑی دیر بعد جب بھوتوں کی پرچھائیاں سڑک پر رقص کریں گی تو بانس کے پتے ہوا سے ٹکرائیں گے۔ اور پتوں کے ٹکرانے کی وجہ سے فضا میں ایک درد بھرا نغمہ گونجے گا۔ پھر کوئی بھوت اس کے پاس آئے گا۔ وہ اسے اپنا نوحہ سنائے گا۔ اس میں اس کی کوئی کرب انگیزی نہ ہوگی۔ اور نہ ہی اس کا کوئی قصہ۔ پھر وہ بہت دیر تک کے لیے سب کچھ بھول جائے گا۔ مگر وہ یہ ہونے نہیں دینا چاہتا تھا۔ اس کے دانت تیزی سے کٹکٹا رہے تھے۔ اور اس کے چہرے پر غصے کی ناقابل برداشت کپکپاہٹ دوڑ رہی تھی۔ اس نے اپنی انگلیوں سے مٹھی بنائی۔ اپنے بازو کو سخت کیا۔ اپنی پیشانی کو نیچے کی طرف جھکایا۔ پھر اس نے اپنا سر اٹھایا۔ اس کا پورا جسم سیاہ مائل سرخ ہو چکا تھا۔ اس کی کالی پیشانی پر خوف کی نہ دکھائی دینے والی گہری شکن تھی۔ اس نے اپنے ہاتھ کو داڑھی پر رکھا اور اس کے چہرے پر ایک معصوم اور شرارت آمیز مسکراہٹ کی لہر دوڑ گئی۔

اسے احساس ہوا کہ ہواؤں کی موسیقیاں، بھوتوں کے درد بھرے نغمے اور بہت سارے پھولوں کی خوشبو اور اس کے گناہوں کا ایک اندھیرا سب ایک ساتھ آدمی کا پیچھا کر رہے ہیں۔ آدمی نے اپنی بوسیدہ پتلون سے ایک بانسری نکالی۔ اور وہ اسے بجانے لگا۔ مگر دوسرے ہی لمحے اس نے اسے بجانا بند کر دیا۔ اور چیخنے لگا۔ کہ بانسری کی آواز اس کی اپنی کیفیت کو اس کی اپنی روح تک تو پہنچا سکتی تھی مگر ان کی روح تک نہیں

جن کو وہ اپنی کیفیت کے بارے میں آگاہ کرنا چاہتا تھا۔ بانسری کے پاس محض آواز ہی ہوتی ہے۔ وہ بھی بے لفظ۔ اور یہاں کے زندہ انسانوں کو بے لفظ آواز سے نفرت ہے۔ وہ اپنے خدا کو بھی ملفوظ آواز ہی میں یاد کیا کرتے ہیں۔ خدا کو بھی پتا ہے کہ یہ نادان ہیں۔ اسی لیے تو خود اس نے بھی ہمیشہ ان سے لکھے ہوئے لفظوں ہی میں بات کی۔ مگر اندھیرے میں باہر نکل آنے والے جانور اور کبھی نہ دکھائی دینے والے بھوتوں کی پرچھائیاں بانسری کی بے لفظ آواز کی معنویت کی تہ تک پہنچنے میں بہت جلد کامیاب ہو جاتے ہیں۔ شاید اسی لیے اس نے بانسری کو اپنے کالے ہونٹ سے ہٹا لیا۔ وہ فی الحال کسی کو اپنے دکھ میں شامل نہیں کرنا چاہتا تھا۔

اسی سڑک کنارے ایک دیوہیکل جالی دار اور بہت بڑا آہنی دروازہ تھا۔ اس کے پاس پولیس کی وین کھڑی تھی اور ایک موٹر سائیکل بھی۔ موٹر سائیکل پر دو انسانی جوڑے بھی سوار تھے۔ عورت نے مرد کو چمٹایا ہوا تھا۔ اس کی آنکھیں ادھر ادھر دیکھ رہی تھیں۔ تبھی اسے وہ ننگا آدمی نظر آیا۔ اس نے مرد کو آگاہ کیا۔ مرد کی انگلی اشارے کی طرف بڑھی۔ مگر پھر عورت نے اسے روک دیا۔

سڑک ہی سے متصل بائیں سمت ایک گلی جاتی تھی۔ گلی میں ایک بہت بڑی مسجد تھی۔ اس کے ارد گرد بہت سارے لوگ تھے۔ وہ گوشت خریدنے کے لیے اس گلی میں آتے تھے۔ اسی گلی کے کنارے میں ایک اجنبی بیٹھا ہوا تھا۔ اس کے ساتھ ایک کتا تھا۔ وہ اس کے چہرے کو چاٹ رہا تھا۔ اجنبی کی آنکھوں میں چمک تھی اور اس کے چہرے پر خوشی کی مسکراہٹ۔ اس نے ننگے آدمی کو دیکھا۔ اس نے بھی اسے اشارہ کیا۔ اور چل کر اس کے بہت قریب آ گیا۔ اس نے اس کی پتلون کو اوپر کرنا چاہا۔ مگر ننگے آدمی نے اسے یہ کرنے سے روک دیا۔ اجنبی نے ننگے آدمی سے کہا۔

''تم کپڑے تو پہن لو۔''

''نہیں میرے جسم کو ننگا ہی رہنے دو۔''

''مگر کیوں؟''

''کیوں کہ مجھے ننگے پن کی بہت ضرورت ہے۔''

''یہ کیسا بے ہودہ مذاق ہے؟''

''دنیا خود ہی ایک مذاق ہے اور اس کا بنانے والا بھی۔ میرے حال پر ترس نہ کھاؤ۔ مجھ سے ہمدردی نہ کرو۔ مجھے عزت مت دو۔ مجھے ان سب کی عادت نہیں۔ یہ سب چیزیں مجھے بوجھ لگتی ہیں۔'' ننگا آدمی ہنسا۔

''تم کہاں سے آ رہے ہو؟''

''دوزخ سے۔'' اس کے لہجے میں نرمی تھی۔

''ایک اور مذاق؟'' اجنبی بھی ہنسا

ننگا آدمی چپ رہا۔ اس نے کوئی جواب نہیں دیا۔ شاید کچھ چیزوں کا جواب نہ دینا ہی بہتر ہوتا ہے۔ یہ دیکھ کر اجنبی کا کتا ننگے آدمی پر بھونکنے لگا۔

''تو کب سے انسان بن گیا؟'' ننگا آدمی کتے کو بھونکتا دیکھ کر پریشان ہوا۔

''انسانوں کی دنیا میں رہ کر فرشتے بھی انسان بن جاتے ہیں___'' اجنبی مسکرایا۔

''پھر تم کیوں نہیں بن پائے؟''

اجنبی کے پاس ننگے آدمی کا کوئی جواب نہیں تھا۔ ننگا آدمی پھر اسی طرح سڑک کنارے چلنے لگا۔ اور چلتے چلتے وہ لڑکی کے قریب آ گیا۔ بہت قریب۔ اور اس کے بدن میں دوڑنے لگا۔

وہ بستر پہ سوئی ہوئی تھی۔ اور وہ خود کو دوزخ میں دیکھ سکتی تھی۔ اس نے وہاں بڑے بڑے بچھو دیکھے۔ اتنے بڑے کہ گدھے اور خچر ان کے جسم کے آگے بہت چھوٹے دکھائی دیتے تھے۔ اور وہ وہاں کے سانپوں کا تو کوئی تصور ہی نہیں کر سکتی تھی۔ بڑی بڑی چٹانیں تھیں، جن سے انسانی سروں کو کچلا جا رہا تھا۔ جب اسے بھوک لگتی تو اسے کھانے کے لیے ادھر ادھر دوڑنا پڑتا تھا۔ مگر اسے کہیں کھانا نہ ملتا۔ پھر وہ کھانے کے لیے پکارتی۔ اسے کئی سلیسیئس کھولتا پانی اور پیپ دیا جاتا۔ اور کھانے کے لیے ایک خاردار پھل جو اس کے حلق سے نیچے نہیں اتر پاتا۔ وہ اب کافی بڑی ہو گئی تھی۔ اس نے اپنے بدن کو دیکھا۔ اس پر کپڑے نہیں تھے۔

اس نے آواز لگائی۔

''اے معبود، میں برہنہ ہوں۔ مجھے اس حال میں کر دو جس میں، میں پیدا ہوئی تھی۔ اگر نہیں کر سکتے تو میری پستان کو سپاٹ کر دو اور میرے جسم کی اندھیری سرنگ کو بھی کہ جنت کے باشندے تیری بڑی بڑی آنکھوں والی حوروں کو چھوڑ کر میری پستان اور میری ہی اندھیری سرنگ کو دیکھ رہے ہیں۔''

جواب میں سناٹا تھا۔ مگر تھوڑی دیر بعد بھی اسے کپڑے پہنائے گئے۔ اس کا بدن بہت سرد ہو گیا تھا۔ اور پسینہ اس کی پیٹھ پر رینگ رہا تھا۔ اسے آگ کے جوتے دیے گئے۔ اور کانٹوں والی شلوار پہنائی گئی۔ جس میں آگ کے ناڑے لگائے گئے تھے۔ اس کی قمیص میں بھی آگ کے بٹن ٹانکے گئے تھے۔ یہ وقت سے پرے ایک عظیم آرٹسٹ کی کاریگری تھی۔ اس نے دل ہی دل میں کہا کہ آرٹسٹ تو واقعی بہت بڑا ہے۔ مگر جس طرح کبھی کبھار بڑا آرٹسٹ بھی آرٹ بنانے میں غلطی کر جاتا ہے تو اس سے بھی کبھی کبھار غلطی ہو جاتی ہے۔

اس نے کپڑے کو اتار کر پھینک دیا۔غیب سے آواز آئی۔

''کیا ہوا؟ تم نے کپڑے کیوں اتار دیے؟''

''مجھے ان کی ضرورت نہیں۔''

آگ کی گرمی برداشت نہیں ہوئی ہوگی۔ دوزخ کی آگ ہی کچھ ایسی ہوتی ہے۔'' ایک خوفناک قہقہہ گونجنے لگا۔

وہ بھی ہنسی۔اور اس نے کپڑے کو اٹھایا اور آہستہ سے کہا۔

''اتنی گرمی تو ہمیشہ میں اپنے مادر رحم میں لے کر چلتی ہوں۔''

خدا اس کے بدن میں اب بھی دوڑ رہا تھا۔وہ بستر سے اٹھی۔اس نے اپنے چہرے پر مکھوٹا لگایا اور کھڑکی کے پاس آگئی۔اس کے لیے اپنی پہچان کا چھپانا اتنا ہی ضروری تھا جتنا کہ ایک مجرم کے لیے اس کے اپنے جرم کا۔اب اسے کوئی پہچان نہیں سکتا تھا۔مگر وہ ہر ایک کو پہچان سکتی تھی۔ وہ مکھوٹے کے اندر سے باہر کی دنیا کو دیکھ سکتی تھی۔ اس نے اپنا سر کھڑکی سے باہر نکالا۔اور اوپر کو پر شوق نگاہوں سے دیکھا۔آسمان کالے بادلوں سے بھرا ہوا تھا۔اور اندھیرا ہر چیز پر حاوی ہو چکا تھا۔مگر اندھیرے پر اس کی اداسی نے بڑی آسانی سے فتح پالی تھی۔اور موت کی خنکی اس کے نقاب پر درخت سے لٹکتے ہوئے مردہ سانپ کی پرچھائی کی طرح چپک کر رہ گئی تھی۔اس کے بال کھلے ہوئے تھے۔اور وہ ہوا میں لہرا رہے تھے۔اس کے چہرے کے اندر سے اس کے مکھڑے کو چھوتا ہوا پسینہ گلے سے پھسل کر اس کے ناف کے نیچے تک آتا تھا اور ایک دوسرے اندھیرے کو چھو کر گزر جاتا تھا۔ یہ اس کا اپنا اندھیرا تھا۔اس کے اپنے وجود کا۔اس کی اپنی پہچان کا۔اس کے جسم پر سے آدھے سے زیادہ کپڑے ہوا میں اڑ چکے تھے۔اس نے نیچے دیکھا۔اداس بھری نگاہوں سے۔ اس کے بہت نیچے زمین پر کچھ آنکھیں تھیں جو اس کے ادھ کھلے جسم پر توپ کی طرح فضائی بو سے داغ رہی تھیں۔اور کچھ ہونٹوں کی گولائیاں بھی جن کی زبانیں کتے کی طرح باہر کو لٹک رہی تھیں اور ان سے رال ٹپک رہا تھا۔اور کچھ ہاتھ بھی جو اپنے اپنے ناف کے نیچے یک بالشتی سونڈ کی طرف بڑھ چکے تھے۔وہ اب بھی ہنس ہی رہی تھی۔زور زور سے۔انسانی سروں کا ایک سمندر آسیبی لہر کی طرح ایک دوسرے پر چڑھتا ہی جاتا تھا۔

وہ ہر ایک کو وہ سب کچھ سنانا چاہتی تھی جو اس نے وہاں دیکھا تھا۔____ مگر وہ کہتے کہتے رک گئی کہ کچھ چیزیں ہر کان کے لیے نہیں ہوتیں ورنہ اس کے اندرون کی کوئی کرب انگیزی ایسی نہیں تھی کہ جس کی پھٹی ہوئی شلوار کو وہ لفظ کے دھاگے سے رفو نہیں کر سکتی تھی۔ وہ چاہتی تھی کہ یہ پھٹی ہی رہے۔

''تم کپڑے تو پہن لو۔'' کسی کی آواز اٹھی۔

''تم لوگ بہت عجیب واقع ہوئے ہو۔ یہاں کپڑے پہناتے ہو اور وہاں کپڑے سمیت ہماری جلد بھی کھینچ لیتے ہو۔''

''وہاں؟ وہاں کہاں؟''

''دوزخ میں۔'' اس کا لہجہ بہت سخت تھا۔

''پھر تم یہاں کیسے؟''

''پتا نہیں۔''

وہ دوزخ میں تھی تو وہاں بھی اسے آگ میں لپیٹ کر حیا اور شرم کا لباس پہنایا گیا تھا۔ اس نے لباس اس لیے بھی اتار دیا تھا کہ وہ اس جیسے لباس کو پہن کر دوزخیوں کی تہذیبی قوانین کی توہین نہیں کرنا چاہتی تھی۔ دوزخیوں نے کہا تھا کہ ہم ذلیل ہیں۔ ہماری انتر آتما کو بھی ذلیل ہی ہونا چاہیے۔

عزت کو ذلت کی ضرورت ہوتی ہے مگر ہر ذلت عزت سے پاک ہوتی ہے۔ اس نے جنت میں سماجی قوانین کی ہمیشہ توہین کی تھی۔ وہ دوزخیوں کا سمان اس لیے بھی کر رہی تھی کہ یہ اس جیسے ہی لوگ تھے۔ بے چارے، ذلتوں کے مارے۔ اس لیے وہ اپنی شلوار کو یوں ہی پھٹی رہنے دینا چاہتی تھی اور اس کے ناڑے کو بھی یوں ہی کھلے رہنے دینا چاہتی تھی۔ مگر وہ اتنا خوش کیوں تھی؟ دوزخ میں آ کر بھی؟ عین اسی لمحے ننگا آدمی اس کی سلوٹوں کی شکن پر منجمد پسینے سے باہر برآمد ہوا۔ اور وہ سراپا آگ میں تبدیل ہو گیا۔ وہ سب کچھ کو سوختہ کر گیا۔ سب کچھ پر حاوی ہوتا چلا گیا کہ گنجے بھوتوں کی ایک جماعت نے اسے دیکھ کر کہا کہ دوزخ سے بڑا دوزخ تو اس لڑکی کا خدا ہے۔

لڑکی کی کلائی جس پر ایک بچھو کا ٹیٹو بنا ہوا تھا اس پر پسینہ تیزی سے پھسل رہا تھا اور وہ پسینہ موت کی ٹھنڈک کو زیادہ قریب سے محسوس کر سکتا تھا۔ اس نے پسینے کو اپنی انگلی سے پکڑنا چاہا مگر جیسے ہی اس کی انگلی نے اسے چھوا پسینے نے اپنا پیرہن تبدیل کر لیا۔ اور وہ ہوا کی نمی میں کہیں غائب ہو گیا۔

مگر کہاں؟ شاید وہیں۔ اس کے اپنے وجود میں۔ یا پھر سے اسی خون میں لتھڑی سرنگ میں جہاں سے اس کی زندگی پیدا ہوئی تھی۔ یا وہیں ٹھنڈ بھری اس دنیا میں جہاں سے موت کی موسیقی اسے ہر بار بہت پیار سے بلاتی تھی۔ اندھیرا مردہ چاند کی پرچھائی پر حاوی ہو چکا تھا۔ اور ایک سریلی دھن اس کے وجود کی اندھیری سرنگ میں مری ہوئی چھپکلی کی طرح کہیں چپک کر رہ گئی تھی۔

***